여기,
내 작은 선물

여기,
내 작은 선물

위로받고 싶은 당신에게

따뜻한 하루 엮음

한국문화사

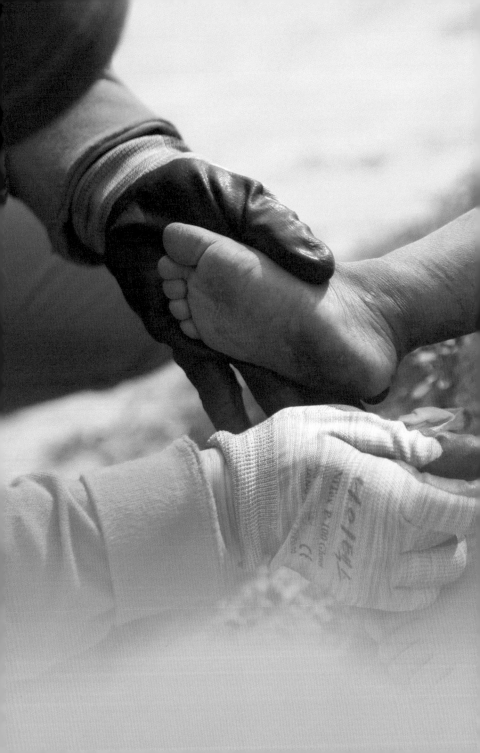

지진이 난 네팔에서 만난 한 아이의 발입니다.

사고 현장을 헤매고 다니느라

상처 나고 긁힌 아이의 맨발…

얼마나 아팠을까요?

우리는 아이들의 맨발을 닦아주고

그들에게 신발을 신겨주었습니다.

따뜻한 하루는 그렇습니다.

작지만 한 사람 한 사람의 마음을

진심으로 어루만져 주는

언제까지나 진심 가득한 NGO가 되고 싶습니다.

─ 〈따뜻한 하루〉 김광일 대표 ─

세상을 위한 따뜻한 변화
'우리'가 함께합니다.

〈따뜻한 하루〉는

늘 '가장 낮은 자리'에서 바라보고 싶습니다.

그래야 얼마나 힘든지, 얼마나 추운지 알 수 있으니까요.

그래야 힘을 덜어줄 수 있고, 안아 줄 수 있으니까요.

돕는 사람은 많아졌다지만,

도움을 기다리는 사람은 더 많았기에

〈따뜻한 하루〉는 진정성 하나로 사람들 곁으로 다가갔습니다.

많은 분이 보내주시는 수많은 감사 이메일과 편지들,

그리고 마음을 모아 보내주시는 후원금과

후원 물품을 대할 때마다 한편으로는 기쁘고,

또 다른 한편으로는 무거운 책임감을 느낍니다.

〈따뜻한 하루〉를 더욱 진실하게 운영하겠다는

다짐도 하게 됩니다.

〈따뜻한 하루〉는 오늘도 소망합니다.

저희를 통해 많은 분이 삶의 희망을 얻고,

따뜻한 날이 만들어지길…

그리고 소외당하고 힘든 삶을 살아가는 이웃들이

다시 일어설 수 있기를…

그래서 열심히 달리고 있습니다.

매일 아침 따뜻한 글을 소개해드리기 위해

많은 자료를 찾고 있으며

삶의 벼랑 끝에 서 있는 이웃들을 찾아

도움을 드리고 있습니다.

또한, 많은 이들에게 귀감이 되는 분을 찾아

칭찬 꽃다발을 나눠드리며

국내뿐 아니라 국외까지 한 명의 이웃이라도 더 돕기 위해

다양한 나눔 캠페인도 진행하고 있습니다.

많은 분들은 예전보다 커진 따뜻한 하루를 보며

축하해 주십니다.

반면에 또 다른 분들은

외부에 비쳐지는 겉모습에 치중하지 않을까,

걱정과 염려를 해주시기도 합니다.

하지만 〈따뜻한 하루〉는

앞으로도 초심을 잃지 않고자 합니다.

〈따뜻한 하루〉는

오랜 기간 함께해온 자원봉사자와 재능기부자들의 도움을

최대한 활용해 적은 인력으로 운영하도록 하겠습니다.

또한, 어려운 이웃보다

더 편한 환경에서 근무할 수 없다는 신념

변하지 않고 행복한 불편함을 기꺼이 감수하겠습니다.

〈따뜻한 하루〉는 갈수록 각박해지는 세상이지만

여전히 살아갈 만한 세상이라는 것을

증명해 보이고 싶습니다.

이제까지 그래 주셨던 것처럼

따뜻한 하루에 응원을 보내주시고, 마음을 나눠주십시오.

여러분이 있어서 오늘도 〈따뜻한 하루〉입니다.

1 나를 돌아보다

한 걸음 물러서서 나를 보다.

인생은 거울과 같으니,
비친 것을 밖에서 들여다보기보다
먼저 자신의 내면을 살펴야 한다.

월리 페이머스 아모스

이것은
무슨 바구니인가?

어떤 스승이 바구니 안에 꽃을 담고

제자들에게 물었습니다.

"이것은 무슨 바구니인가?"

제자들은 너무나 당연하다는 듯이 대답했습니다.

"꽃바구니입니다."

이번엔 꽃을 들어내고

쓰레기를 바구니에 담고 물었습니다.

"그럼, 이것은 무슨 바구니인가?"

제자들은 모두가 한 목소리로 대답했습니다.

"스승님, 그건 쓰레기 바구니입니다."

스승이 제자들에게 말했습니다.

"그래 너희 말처럼

바구니에 어떤 것을 담느냐에 따라서 달라진다.

너희도 이 바구니처럼 내면에 향기로운 꽃을 담아 놓으면

향기 나는 사람이 되는 것이다."

나이 마흔이 넘으면,

자신의 얼굴에 책임을 져야 한다고 말합니다.

태어날 때는 모두가 천사 같은 얼굴이지만,

세월이 갈수록 어떤 마음가짐으로 살았느냐에 따라

천차만별로 달라지는 것을 볼 수 있습니다.

자, 오늘 하루 거울 속 여러분의 얼굴은 어떻습니까?

그리고 여러분 내면의 바구니 안에는 무엇이 담겨 있습니까?

내 삶에 적용해보기

시간은 인간이 쓸 수 있는 가장 값진 것이다.

테오프라스토스

1초의 시간

평생을 시계 만드는 일에 헌신한 사람이 있었습니다.

그는 어느 날 아들이 성인이 되던 날 손수 만든 시계를

선물로 주었습니다.

그런데 이 시계는

여느 시계와는 특별히 다른 점이 있었습니다.

시침은 동(銅), 분침은 은(銀), 초침은 금(金)으로

제작된 것입니다.

시계를 받은 아들이 아버지에게 물었습니다.

"시침은 동으로, 분침은 은으로, 초침은 금으로

만든 이유가 있나요?"

아들의 질문에 아버지는 대답했습니다.

"아들아, 초침은 가장 중요하기에 금으로 만들었단다.

초를 잃는 것은 모든 시간을 잃는 것과

마찬가지란다."

그는 아들의 손목에 시계를 채워주며 말을 이어갔습니다.

"초를 아끼지 않는 사람이

어떻게 시간과 분을 아낄 수 있겠니?

세상만사가 초에 의해 결정되는 것이라는 걸 명심하고

너도 이제 성인이니만큼 단 일 초의 시간도

책임지는 어른이 되어라."

∞∞

작은 것을 실천하기도 전에 큰 꿈을 이루려 하지 마세요.

큰 꿈은 먼저 작은 습관, 됨됨이, 의지 등이

선행될 때 자연스럽게 이룰 수 있습니다.

∞∞

내 삶에 적용해보기

자신의 능력을 믿어야 한다.
그리고 끝까지 굳세게 밀고 나가라

로잘린 카터

척박한 땅

오래전 어느 척박한 땅을 개간하던 농부가 있었습니다.

그 땅은 돌멩이와 잡초가 가득한 땅이었습니다.

사람이 그 돌을 일일이 곡괭이와 손으로 골라내야 하는

정말 쓸모없는 땅이었습니다.

마을 사람들은 농부에게 걱정이 되어 말했습니다.

"그 돌밭을 언제 개간하려고?

설령 개간한다고 해도

그 땅은 토질이 안 좋아서 농사짓기도 정말 힘들어."

하지만 농부는 언제나 똑같은 말로 대답했습니다.

"걱정하지 마세요. 저에게는 아주 특별한 비료가 있습니다.

그 비료를 쓰면 여기서도 농사를 지을 수 있습니다."

사람들은 묵묵히 돌밭을 개간하는 농부를 걱정하면서도,
도대체 어떤 특별한 비료를 가지고 있는 것인지 궁금했습니다.
그렇게 몇 년이 지나 농부가 척박한 그 땅의 개간을 마치고,
그 밭에 작물을 키워 엄청난 수확을 하였습니다.
마을 사람들은 농부를 축하해 주었습니다.

마을 사람 중의 한 사람이 농부에게 물었습니다.
"이보게,
나에게도 그 특별한 비료를 만드는 방법을 가르쳐 주게나!"

그러자 농부가 말했습니다.
"아! 제가 쓴 비료가 뭐냐고요? 별거 아닙니다.
'나는 이것쯤은, 충분히 할 수 있어'라는 자신감이
저의 특별한 비료입니다."

어떤 일에 최선을 다해 노력했다고 생각해도,

돌아보면 뭔가 부족함과 아쉬움이 느껴지는 일이 종종 있습니다.

혹시 '나는 이것쯤은, 충분히 할 수 있어'라는

자신감의 비료가 부족했던 것은 아니었을까요?

여러분의 인생을 100% 채울 수 있는 자신감을 찾아보세요.

내 삶에 적용해보기

희망은
좋은 수식이 나쁜 소식보디 우세한지
계산하는 데서 오는 것이 아니다.
희망이란 그저 행동하겠다는 선택이다.

안나 라페

내게 남아 있는 것

노먼 빈센트 필(Norman Vincent Peale, 1898~1993)

'목사', '저술가', '긍정적 사고'의 창시자,

'자기 계발', '동기부여가', '연설가' 등

수없이 많은 호칭을 가진 그는

세계적인 동기부여 연설가이기도 합니다.

그런 그에게 어느 날 중년의 남자가 찾아왔습니다.

실의에 빠진 듯 힘이 다 빠져 있는 그는 말했습니다.

"전 평생 열심히 일했지만,

사업이 부도나면서 제 인생의 모든 것을 잃었습니다."

중년 남자의 이야기를 들은 그는
종이 한 장을 내밀며 물었습니다.

"모든 것을 잃어버리셨다고요? 그럼 부인은 있습니까?"
"네, 불평 한마디 없이
묵묵히 뒷바라지해 준 아내가 있습니다."
그는 종이에 '훌륭한 아내'라고 적었습니다.

그는 중년 남자에게 다시 물었습니다.
"당신에게 자녀들은 있습니까?"
"네, 저만 보면 함박웃음을 짓는
착하고 귀여운 세 아이가 있습니다."
그는 종이에 '착하고 귀여운 세 아이'라고 적었습니다.

그리고 다시 한번 중년 남자에게 물었습니다.
"당신에게 소중한 친구는 있습니까?"
"네, 남들이 부러워할 만한 의좋은 친구들이 있습니다."
그는 종이에 '좋은 친구들'이라고 적었습니다.

마지막으로 중년 남자에게 물었습니다.

"당신의 건강은 어떤가요?"

"건강은 자신 있습니다. 아주 좋은 편입니다."

그가 이번에는 종이에 무언가를 적으려는 순간이었습니다.

중년 남자가 갑자기 큰 소리로 말했습니다.

"정말 감사합니다.

모든 것을 잃어버린 줄 알았는데,

제게는 아직 귀한 것들이 남아 있었네요.

다시 일어설 수 있을 것 같습니다."

가진 것이 부족하다는 생각이 들 때,

실패한 인생이란 생각이 들 때, 아무런 의욕이 없을 때,

불평불만만 쌓여 갈 때,

종이 한 장 꺼내 놓고, 차분히 써 내려 가세요.

소중한 사람들, 일상 속 작은 성공의 경험, 좋았던 일,

그렇게 하나둘 적어 내려가다 보면 보일 것입니다.

내 삶에 남아있는 희망의 불씨가…

내 삶에 적용해보기

한 통에 4달러, 스탠다드 오일

미국의 스탠다드 오일 회사 직원 중

존 아치볼드라는 청년이 있었습니다.

그는 평사원이었지만, 회사에 대한 애사심이 남달랐습니다.

출장 중 호텔에 숙박할 때에 자신의 이름과 함께

'한 통에 4달러, 스탠다드 오일'이라고 기재했습니다.

그리고 사람들을 만날 때도 언제나

'한 통에 4달러, 스탠다드 오일'이라고 말하며

명함을 건넸습니다.

그래서 어떤 사람들은 아치볼드라는 그의 이름 대신

이 세상에 열정없이 이루어진 위대한 것은 없다.

게오르크 빌헬름

'한 통에 4달러, 스탠다드 오일'이라고 부르기도 했습니다.

어느 날,
그는 호텔 숙박부에 이름만 쓰고 나온 것을 깨달았습니다.
다시 내려가 '한 통에 4달러, 스탠다드 오일'을
꼼꼼히 쓰고 있는데,
한 신사가 옆에서 그것을 지켜보았습니다.

신사가 물었습니다.
"숙박부에 왜 그런 문구를 적습니까?"

그는 너무나 당연한 듯 대답했습니다.
"우리 회사를 좀 더 많은 사람에게 알리고 싶어서요."

며칠 후 록펠러 스탠다드 오일 회장이 그를 불렀습니다.
아치볼드는 신사를 보더니 깜짝 놀랐습니다.
앞에 있는 록펠러 회장이
호텔에서 대화를 나눴던 그 신사였기 때문입니다.

록펠러 회장은 그에게 말했습니다.

"나는 당신처럼 회사 일에 열정을 가지고 있는 사원을
옆에 두고 일하고 싶소."

아치볼드는 그날로 본사로 발령을 받았으며,

스탠다드 오일 회사를 세계적인 기업으로 만드는 데

큰 기여를 했습니다.

세월이 흘러 아치볼드는 사장으로 선출되었습니다.

진정한 열정은 누가 알아주든 알아주지 않든

마음을 다해 좋아하는 것에 대해 최선을 다하는 것입니다.

그렇게 최선을 다하다 보면

의도하지 않아도 결과에 대한 보상이 따를 것입니다.

반대로 보여주기 식 노력과 생각으로만 최고를 지향한다면

그에 합당한 보상만이 따를 것입니다.

그에 합당한 보상은

지금 가장 먼저 드는 생각, 바로 그것입니다.

내 삶에 적용해보기

많은 인생의 실패자들은 포기할 때

자신이 성공에서 얼마나 가까이 있었는지 모른다.

토마스 A. 에디슨

세상에는
세 가지 실패가 있다

옛날 한 청년이 스승을 찾아가 지혜를 구했습니다.

"저는 꼭 성공하고 싶은데

어떻게 하면 성공을 할 수 있을까요?"

그러자 스승이 미소를 지으며 대답했습니다.

"세상에는 세 가지 실패가 있단다."

청년은 스승에게 의아한 표정을 지으며 말했습니다.

"스승님, 저는 실패가 아니라 성공에 대해 알고 싶습니다."

그러자 스승이 다시 제자에게 말했습니다.

"성공하려면 실패를 알아야 해.

성공은 실패의 변형일 뿐이거든."

제자는 궁금한 마음에 스승에게 물었습니다.

"그럼 세 가지 실패는 무엇인가요?"

스승은 차근차근 세 가지 실패에 대해서 말했습니다.

"첫 번째 실패는 하기 싫은 일에서 성공하는 것이야.

성공의 대가는 얻겠지만,

삶의 의미나 즐거움을 얻기는 어렵지."

"두 번째는 하고 싶은 일에서 실패하는 것이야.

계속하면 진정한 성공을 얻을 수 있지.

이때 실패는 성공으로 가는 실험일 뿐이란다."

"마지막 세 번째 실패는 아무것도 하기 않는 짓이야.

당연히 실패도 성공도 없지.

그러나 인생을 낭비한 책임을 져야 해.

가장 치명적인 실패지."

세 가지 실패를 모두 말한 뒤
스승이 제자에게 물었습니다.
"그렇다면 너는 성공이 무엇이라 생각하느냐?"

제자는 깨달음을 얻은 듯 큰 소리로 대답했습니다.
"매일 아침에 일어나 하고 싶은 일을 하는 것입니다."

스승은 마지막으로 제자에게 말했습니다.
"그렇다. 그 일을 찾아라. 그리고 신나게 해라.
그러면 반드시 성공할 수 있다."

우리가 흔히 '실패'라고 여기는 것은
하고 싶은 일에서 실패하는 것을 말합니다.
그러나 이때의 실패란 정금이 되기 위해 단련하는 과정이며,
성공으로 가는 길에서 지불하는 수업료일 뿐입니다.
실패를 두려워하지 마세요.

내 삶에 적용해보기

day
4

초심을 잃으면
모든 것을
다 잃을 수도 있습니다

어느 날 시골 마을을 지나던 임금님이

날이 어두워지자 더 나아가지 못하고

어쩔 수 없이

한 목동의 집에서 하룻밤을 묵게 되었습니다.

그런데 임금님의 눈에 비친

목동의 모습이 참 인상적이었습니다.

욕심이 없고 성실하고 평화로운 것이

평소 자신의 신하들에게는 찾아보기 어려운 모습이었습니다.

어려우면 초심을 돌아보고
성공하면 마지막을 살펴보라.

채근담

젊은 목동의 그런 모습에 끌린 임금님은
목동을 나라의 관리로 등용했습니다.

그는 관리가 되고 나서도
청빈하고 정직한 생활을 하며
왕을 잘 보필하고 정치를 잘하였습니다.

마침내 왕은 그를 재상에까지 임명하였습니다.
재상은 능력도 중요하지만,

청빈한 마음까지 갖추면 더할 나위 없겠다는

생각에서 나온 결정이었습니다.

재상이 된 목동은
더더욱 성실하게 사심 없이
일을 잘 처리해 나갔습니다.
그러자 다른 신하들이 그를 시기하기 시작했습니다.

보잘 것 없는 일개 목동이
나라의 관리가 된 것도 모자라

재상의 자리에까지 오르고
더욱이 뇌물도 받지 않고 모든 일을
공정하고 깨끗하게 처리하니
자신들의 처지가 곤란했던 것이었습니다.

신하들은 재상이 된 목동을 쫓아내려고
티끌 하나라도 모함할 것이 있는지
찾기 시작했습니다.

그러던 중,
재상이 한 달에 한 번 정도
자기가 살던 시골집에 다녀오는 것을 알게 되었습니다.

몰래 따라가 보니
재상은 광에 있는 커다란 항아리 뚜껑을 열고
한참 동안 항아리 안을 들여다보는 것이었습니다.
신하들은 임금님께 그 사실을 알렸습니다.

재상이 청렴한 척은 혼자 다하면서

아무도 몰래 항아리 속에 금은보화를 채우고 있다고
고자질했습니다.

왕은 누구보다도 신임한 그에게 무척 화가 나
직접 사실을 밝히고자 재상을 앞세워
신하들과 함께 재상의 집으로 찾아갔습니다.

재상의 시골집에 다다른 왕과 일행들.
왕은 모두가 보는 앞에서
광속에 있는 항아리를 열어보게 하였습니다.

그런데 이게 어찌된 일입니까?

항아리 속에 들어 있는 것은
금은보화가 아니라
재상이 목동 시절에 입었던
낡은 옷 한 벌과 지팡이뿐이었습니다.

인생은 누구나 한 번 삽니다.

그래서 사람들은 한 번만 사는 삶을 제대로 살기 위해

온갖 노력을 합니다.

좋은 직장에 취직하고, 자신만의 사업체를 꾸리기 위해

계획을 세워 부단한 노력을 합니다.

실패를 거듭하면서 성공을 거두기도 합니다.

그렇게 거둔 성공에 도취되어 함께한 사람을 잊어버린다면

한순간에 모든 것을 잃을 수도 있습니다.

당신은 제대로 사는 삶이 무엇이라고 생각하십니까?

내 삶에 적용해보기

말도 아름다운 꽃처럼

그 색깔을 지니고 있다.

T.리스

머리가 너무 길지 않나요?

한 이발사가 자신의 기술을 전수하기 위해

젊은 도제(제자와 같은 말)를 한 명 들였습니다.

젊은 도제는 3개월 동안 열심히 이발 기술을 전수받았고,

드디어 첫 손님을 맞이하게 되었습니다.

그는 지금까지 배운 모든 기술을 최대한 발휘하여

첫 번째 손님의 머리를 열심히 깎았습니다.

그러나 거울로 자신의 머리 모양을 확인한 손님은

투덜거리듯 말했습니다.

"머리가 너무 길지 않나요?"

초보 이발사는 손님의 말에 아무런 답변도 하지 못하고

당황한 듯 서 있기만 하는 것이었습니다.

그러자 스승 이발사가 웃으며 말했습니다.

"머리가 너무 짧으면 사람이 좀 경박해 보인답니다.

손님에게는 조금 긴 머리가 정말 잘 어울리는데요."

그 말을 들은 손님은 금세 기분이 좋아져 돌아갔습니다.

그 후, 두 번째 손님이 들어왔습니다.

이발이 끝나고 거울을 본 손님 역시

마음에 들지 않는 듯 말했습니다.

"너무 짧게 자른 것 아닌가요?"

이번에도 도제 이발사는 아무런 대꾸도 하지 못했습니다.

그러자 옆에 있던 스승 이발사가 다시 거들며 말했습니다.

"손님, 짧은 머리는 긴 머리보다

훨씬 경쾌하고 정직해 보인답니다.

손님이 지금 딱 그렇게 보인답니다."

이번에도 손님은 매우 흡족한 기분으로 돌아갔습니다.

다시 세 번째 손님이 들어왔습니다.

이발을 마치고 거울을 본 손님은

머리 모양은 무척 마음에 들어 했지만,

막상 돈을 낼 때 불평을 늘어놓는 것이었습니다.

도제 이발사는 여전히 우두커니 서 있기만 했습니다.

그러자 이번에도 스승 이발사가 나섰습니다.

"머리 모양은 사람의 인상을 좌우한답니다.

그래서 성공한 사람들 대부분은 머리 다듬는 일에

많은 시간을 투자하지요."

그러자 세 번째 손님 역시 매우 밝은 표정으로 돌아갔습니다.

문을 닫을 무렵 네 번째 손님이 들어왔고,

그는 이발 후에 매우 만족스러운 얼굴로 말했습니다.

"참 솜씨가 좋으시네요. 겨우 20분 만에 말끔해졌어요."

역시나 도제 이발사는 무슨 대답을 해야 할지
모른다는 표정으로 멍하니 서 있기만 했습니다.

모습을 지켜보던 스승 이발사는 이번에도
손님의 말에 맞장구를 치며 말했습니다.

"시간은 금이라고 하지 않았습니까?
손님의 바쁜 시간이 단축됐다니 저희 역시 매우 기쁘군요."

그날 저녁, 도제 이발사는
스승 이발사에게 오늘 일에 대해서 물었습니다.

그러자 스승 이발사는 다음과 같이 말했습니다.
"세상의 모든 사물에는 양면성이 있다네.
장점이 있으면 단점도 있고,
얻는 것이 있으면 손해 보는 것도 있지.
또한 세상에 칭찬을 싫어하는 사람은 없다네.
나는 손님의 기분을 상하게 하지 않으면서
자네에게 격려와 질책을 하고자 한 것뿐이라네."

'말 한 마디로 천냥 빚을 갚는다'

'칭찬은 고래도 춤추게 한다' 등

말에 관한 여러 가지 말이 있습니다.

이처럼 말은 자신이 가지고 있는 능력 중,

가장 조심해야 하고 중요한 기술입니다.

말을 어떻게 하느냐에 따라

같은 상황에서 드러나는 결과가

극명한 차이를 보이기 때문입니다.

조리 있게

상황에 맞게

기분 좋게

현명하게

말하는 기술을 조금 더 익혀 보는 건 어떨까요?

내 삶에 적용해보기

끝까지 한다면
누구나 성공할 수 있다

저는 태어난 지 얼마 안 돼 부모님의 이혼으로

고모네 집에서 자랐습니다.

그 후, 새엄마네 집으로 보내졌고,

9살 때부터 그곳에서 살다가 중학교 3학년 때 쫓겨났습니다.

또다시 갈 곳이 없어진 저는

친척 집을 찾아갈 수밖에 없었습니다.

친척들은 제가 나타나자 회의를 했습니다.

'누가 쟤를 맡을 거냐?'

아무도 나서지 않자 보육원에 보내자는 말까지 나왔습니다.

폭풍이 부는 것은 너를 쓰러뜨리기 위해서가 아니라,

사실은 네가 좀 더 강인해지도록 도와주기 위해서란다.

조셉 m 마셜 「그래도 계속 가라」 중에서

저에게 아직도 그 말은 정말 큰 상처로 남아있습니다.

그러던 중 여든이 넘은 할머니가 나서서
저를 맡기로 했습니다.
할머니는 노인연금만으로 생활하셨기 때문에
점심은 노인정에서 해결하곤 했습니다.

그런데 어느 날 노인정 공사로 문을 닫은 날이었습니다.
너무 배가 고파 불우이웃돕기 모금함에서 쌀을 가져왔는데,
집에 전기가 들어오지 않아 밥을 하지 못하게 되었습니다.
가까운 은행에서 따뜻한 물을 받아와 쌀을 불려 먹으면서
한참을 울었던 기억이 있습니다.

그렇게 어렵게 고등학교까지 졸업하고는
또다시 생계를 위해 공사장에서 막노동을 시작했습니다.
그러다 턱이 부러졌는데 수술비가 200만 원이나 나왔습니다.
제 전 재산은 50만 원이었는데
우여곡절 끝에 수술하였습니다.

하지만, 수술비가 없는 것보다 더 서러운 건
아무도 찾아오지 않는 병실에 홀로 누워있는 것이었습니다.
눈물이 한없이 흘러내렸습니다.

전 병원에서 생각했습니다.
이러다가 할머니에게 끝까지 짐만 될 것 같았습니다.
퇴원하면 당장 공부를 하자고 그렇게 다짐했습니다.

어느 날, 노인정에 매일 오시던 할머니 친구분이 오시지 않아
걱정스러운 마음으로 댁으로 찾아갔습니다.
아나나 다를까 할머니 안색이 안 좋은데다가
어깨는 퉁퉁 부어있었습니다.
병원에 모시고 가니 뼈가 부러져 있었습니다.

이런데도 왜 참았냐고 할머니께 여쭤보니
병원비가 많이 나올 것 같아 참았다고 하셨습니다.
저는 그때 다시 결심했습니다.
의대에 진학해 어려운 사람을 돕는 의사가 되기로 했습니다.

그 후, 막노동과 공부를 병행하는 생활을 시작했습니다.

하루 12시간 막노동이 끝나면

정말 10분도 앉아있기가 힘들었습니다.

그래도 절대 포기하지 않았습니다.

정말 이렇게 살기는 죽기보다 싫었습니다.

처음에는 10분, 20분… 이렇게 시간을 늘려갔더니

나중엔 하루 6시간도 공부할 수 있게 되었습니다.

정말 힘들어 수백 번 포기하고 싶었지만,

나 같은 사람도 성공할 수 있다는 걸 세상에 보여주고 싶어

그럴 때마다 더 열심히 공부했습니다.

'이렇게 열심히 사는데…'

하늘이 정말 존재한다면 도와줄 거라 굳게 믿었습니다.

그렇게 3년, 드디어 의대에 합격했습니다.

할머니께 제일 먼저 말씀드리니, 정말 기특해하셨습니다.

더 행복한 건 저와 비슷한 처지의 학생들에게도

제 합격이 힘이 될 거란 생각이었습니다.

물론 앞으로 더 많은 힘든 일이 생길지도 모릅니다.
하지만 전 이런 경험에 항상 감사합니다.

한겨울에 할머니와 함께 노인정에 살 때,
전기가 들어오지 않아 쌀을 불려서 끼니를 때울 때,
이런 모든 고생과 경험이 다 귀한 재산이 되어
지금의 저를 있게 했습니다.
덕분에 앞으로 저에게 더 힘든 일이 닥치는 경우라도
잘살 수 있을 거란 자신감도 생겼습니다.

지금까지 살아온 것처럼 앞으로도 열심히 그렇게 살 것입니다.
그리고 저처럼 벼랑 끝에 서 있을 누군가를 잡아줄
힘이 돼주고,
우리 할머니처럼 힘들고 어렵게 사는 분들을 돕는
그런 멋진 의사가 되고 싶습니다.

의대생 박진영 씨의 이야기입니다.

우리 또한 살다 보면 크고 작은 어려움과 마주하게 됩니다.

피해 가는 사람도 있고, 맞서 싸우는 사람도 있습니다.

옳고 그름은 없습니다.

그러나 한 가지 확실한 건,

시련과 역경에 맞서 싸워 이긴다면 그 성취감과 행복은

억만금을 줘도 사지 못할 값진 자산으로 남게 될 것입니다.

내 삶에 적용해보기

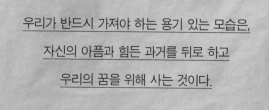

우리가 반드시 가져야 하는 용기 있는 모습은,

자신의 아픔과 힘든 과거를 뒤로 하고

우리의 꿈을 위해 사는 것이다.

오프라 윈프리

주어진 삶에 대처하는 자세

한 가정에 두 명의 형제가 있었다.

형제의 아버지는 심각한 알코올 중독자였다.

형제의 집에는 술 취한 아버지를 향한 어머니의 고함,

그런 어머니를 향해 퍼붓는 아버지의 주사,

그리고 웃음기 없는 얼굴로 하루를 버텨가는

형제의 모습만 있을 뿐이었다.

그렇게 형제는 열악한 환경에서 성장했다.

그리고 20년 후,

형제는 어떤 삶을 살고 있을까?

형제의 삶은 극과 극 바로 그 자체였다.

형은 의과대학의 저명한 교수가 되어 '금주운동'을 전개했고,

동생은 아버지보다 심한 알코올 중독자가 되어
병원에 입원해 있었다.
두 사람은 자신이 처한 현실에 관해 같은 답변을 했다.

"알코올 중독자인 아버지 때문에…"

형은 비극적인 환경을 교훈 삼아 희망의 삶을 개척했다.
동생은 비극적인 환경의 노예가 되어
아버지를 답습하는 삶을 택하고 만 것이었다.

살면서 고통과 시련을 겪지 않고 살아가는 사람이 몇이나 될까요?

아마 전 세계 인구 중 한두 명 있을까 말까 할 것입니다.

그렇게 누구에게나 주어지는 고통과 시련 앞에

같은 이유를 가지고 다른 자세를 취합니다.

길은 단 두 갈래 길입니다.

길은 명확한 음영을 가지고

두 갈래의 길 중 하나만 택하라고 하는데,

왜 어둠의 길을 택하는 것일까요?

빛의 길을 택하세요.

문이 똑같이 생겨 헷갈릴지 모르지만,

선택하기 전 하늘은 당신에게 무언의 언지를 반드시 줍니다.

어느 길이 빛의 길인지…

내 삶에 적용해보기

세탁소의 사과문

어느 아파트 근처에 있는 세탁소에서 불이 났습니다.

불은 세탁소 전부를 태웠고,

며칠이 지나고 나서 아파트 벽보에는

'사과문' 하나가 붙었습니다.

사과문에는 불이 나 옷이 모두 타서 죄송하다는 이야기와

옷을 맡기신 분들은 옷 수량을 신고해 달라는

내용이 적혀있었습니다.

공고가 붙고 나서,

한 주민이 공고문 아래에 글을 적고 갔습니다.

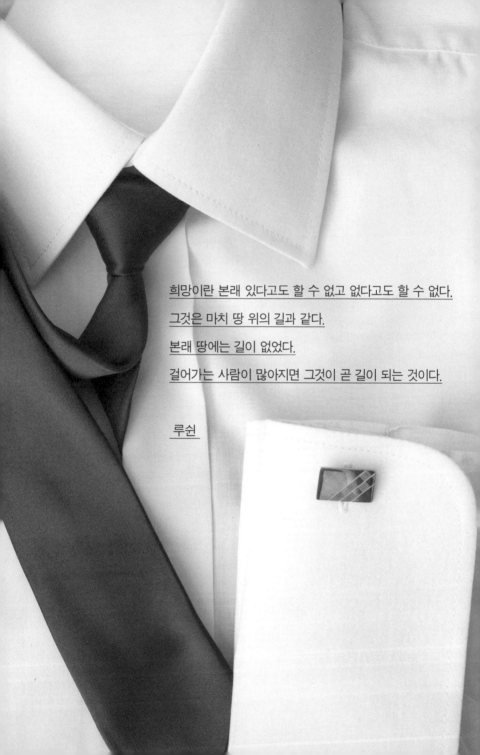

희망이란 본래 있다고도 할 수 없고 없다고도 할 수 없다.
그것은 마치 땅 위의 길과 같다.
본래 땅에는 길이 없었다.
걸어가는 사람이 많아지면 그것이 곧 길이 되는 것이다.

　　루쉰

당연히 옷 수량을 적어 놓은 글인 줄 알았지만 뜻밖에도
"아저씨! 저는 양복 한 벌인데 받지 않겠습니다.
그 많은 옷을 어떻게 하시겠습니까? 용기를 내세요."
라는 말이 적혀있었습니다.

그 주민 말 한마디에 아파트 주민들이
속속 배상을 받지 않겠다고 나서기 시작했습니다.
그 후 누군가 금일봉을 전했고,
금일봉이 전달된 사실이 알려지자
또 다른 누군가도 또 다른 누군가도
도움의 손길을 보내왔다고 합니다.

얼마 뒤 아파트 벽보에 또 한 장의 종이가 붙었다고 합니다.
다름 아닌 '감사문' 이었습니다.

'주민 여러분! 고맙습니다!
월남전에서 벌어온 돈으로 어렵게 일궈온 삶이었는데,
한순간에 모두 잃고 말았습니다.
하지만 여러분의 따뜻한 사랑이 저에게 삶의 희망을 주었고,

저는 다시 일어 설 수 있었습니다.

꼭 은혜에 보답하겠습니다.'

∞∞

나비의 날갯짓처럼 작은 변화가

폭풍우와 같은 커다란 변화를 유발시키는 현상을

나비효과라고 합니다.

나비효과처럼 혼자만의 작은 선행과 배려로 시작한 일이,

세상 전체를 움직이고 변화시킬 만큼

큰 힘을 가질 수도 있는 것입니다.

희망이 없던 사람도

가진 것이 많든 적든 모든 사람이

그 힘을 가질 수 있습니다.

∞∞

내 삶에 적용해보기

2　가족을 떠올리다

사랑의 시작과 완성

가족, 그 중에서도
어머니

내게 사랑을 아낌없이 주는 사람

누군가를 미워하고 있다면,

그 사람의 모습 속에 보이는

자신의 일부분을 미워하는 것이다.

헤르만 헤세

빛바랜 사진 한 장

내가 열두 살이 되던 이른 봄,

엄마는 나와 오빠를 남기고 하늘나라로 떠나셨습니다.

당시 중학생인 오빠와 초등학생인 나를

아빠에게 부탁한다며 떠나신 엄마.

남겨진 건 엄마에 대한 추억과 사진 한 장이 전부였습니다.

엄마는 사진 속에서 늘 같은 표정으로 웃고 있었습니다.

아빠는 그렇게 엄마의 몫까지 채워가며

우리 남매를 길러야만 했습니다.

그게 힘겨워서였을까? 아니면 외로워서였을까?

내가 중학생이 되던 해

아빠는 새엄마를 집으로 데려왔습니다.

엄마라고 부르라는 아빠의 말씀을

우리 남매는 따르지 않았습니다.

결국, 생전 처음 겪어보는 아빠의 매질이 시작되었고,

오빠는 어색하게 "엄마"라고 겨우 목소리를 냈지만,

난 끝까지 엄마라고 부르지 않았습니다.

아니 부를 수 없었습니다.

왠지 엄마라고 부르는 순간 돌아가신 진짜 엄마는

영영 우리 곁을 떠나버릴 것 같았기 때문에,

종아리가 회초리 자국으로 피멍이 들수록

난 입을 앙다물었습니다.

새엄마의 만류로 매질은 끝이 났지만,

가슴엔 어느새 새엄마에 대한 적개심이 싹트기 시작했습니다.

그렇게 며칠이 지나고

새엄마를 더 미워하게 되는 일이 벌어졌습니다.

내 방에 있던 엄마 사진을 아빠가 버린다고

가져가 버린 것입니다.

엄마 사진 때문에 내가 새엄마를 미워한다는 것이었습니다.

이때부터 새엄마에 대한 나의 반항이

본격적으로 시작되었습니다.

객관적으로 보면

새엄마는 분명 착한 분이었습니다.

그러나 한 번 불붙은 새엄마에 대한 적개심은

그 착함마저도 위선으로 보일 만큼 강렬해졌습니다.

난 언제나 새엄마의 존재를 부정하였습니다.

그해 가을 소풍날이었습니다.

학교 근처 계곡으로 소풍을 갔지만,

도시락을 싸가지 않았습니다.

소풍이라고 집안 식구 누구에게도 말하지 않았기 때문입니다.

점심시간이 되고 모두 점심을 먹을 때,

계곡 아래쪽을 서성이고 있는 내 눈에

저만치 새엄마가 들어왔습니다.

손에는 김밥 도시락이 들려있었습니다.

뒤늦게 저하고 같은 반 친구 엄마한테서

소풍이라는 소식을 듣고 도시락을 싸오신 모양이었습니다.

난 도시락을 건네받아

새엄마가 보는 앞에서 계곡 물에 쏟아버렸습니다.

뒤돌아 뛰어가다 돌아보니

새엄마는 손수건을 눈 아래 갖다 대고 있었습니다.

얼핏 눈에는 물기가 반짝였지만 난 개의치 않았습니다.

그렇게 증오와 미움 속에 중학 시절을 보내고

3학년이 거의 끝나갈 무렵 고입 진학상담을 해야 했습니다.

아빠와 새엄마는 담임선생님 말씀대로

인문고 진학을 원하셨지만,

난 산업체 부설 학교를 고집하였습니다.

새엄마가 원하는 대로 하기 싫었고,

하루라도 빨리 떠니고 싶었습니다.

그리고 집을 떠나면

다시는 돌아오지 않으리라 다짐까지 했습니다.

결국, 내 고집대로 산업체 학교에 원서를 냈고

12월이 끝나갈 무렵 학교 기숙사로 들어가게 되었습니다.

드디어 그날이 오고, 가방을 꾸리는데
새엄마가 울고 있었습니다.
그런데도 저는 더 모질게 결심했습니다.
정말 다시는 집에 돌아오지 않을 것이라고….

학교 기숙사에 도착해서도
보름이 넘도록 집에 연락하지 않았습니다.
학교생활은 그렇게 시작되었고, 조금씩 적응이 되어 갈 무렵
옷 가방을 정리하는데 트렁크 가방 아래
곱게 포장된 비닐봉지가 눈에 들어왔습니다.

분명 누군가 가방 속에 넣어놓은 비닐봉지.
봉투 속에는 양말과 속옷
그리고 핑크빛 내복 한 벌이 들어있었습니다.
그리고 가지런한 글씨체로 쓴 편지도 있었습니다.

그런데 편지지 안에는

아빠가 가져간 엄마 사진이 들어있었습니다.

새엄마는 아빠 몰래 사진을 편지지에 넣어 보낸 것이었습니다.

이제껏 독하게 참았던 눈물이 주르륵 흘러내렸습니다.

눈물 콧물 범벅이 되며 편지를 읽고 또 읽었습니다.

그동안 쌓였던 감정의 앙금이

눈물에 씻겨 내려가는 순간이었습니다.

엄마가 돌아가시고 나서

처음으로 그날 밤새도록 울고 또 울었습니다.

그 후 처음으로 집을 찾아가게 된 날이었습니다.

난 아빠, 엄마 그리고 새엄마의 내복을 준비했습니다.

그 날은 밤새 눈이 많이 내려 들판에 쌓여있었습니다.

멀리서 새엄마가…

아니 엄마가 나와서 날 기다리고 계셨습니다.

엄마 손에 들려있는 빗자루 뒤에는

훤하게 쓸린 눈길이 있었습니다.

'엄마… 그동안 저 때문에 많이 속상하셨죠?
죄송해요. 이제부턴 이 내복처럼 따뜻하게 모실게요.'

어색해 아무 말도 못 하고
속으로 웅얼거리는 모습을 본 엄마는,
눈물을 흘리며 따뜻한 두 팔로 날 감싸 안아 주셨습니다.

∞∞∞∞∞∞∞∞∞∞∞∞∞∞∞∞∞∞∞∞∞∞∞∞∞∞∞∞∞∞∞∞∞∞∞∞∞

나의 편견으로
상대방의 마음을 알 기회 없이 스스로 차단하는 것은
어두운 작은 방에 자신을 가두어 점점 외롭게 하는
결과를 가져올 수도 있습니다.

살면서 어찌 미워하지 않고 살아갈 수 있을까요?
하지만 한 번이라도 좋으니
오늘 먼저 상대방에게 마음을 열어보시면 어떨까요.

∞∞∞∞∞∞∞∞∞∞∞∞∞∞∞∞∞∞∞∞∞∞∞∞∞∞∞∞∞∞∞∞∞∞

내 삶에 적용해보기

시어머니의 은혜

11살, 어린 나이에 아버지가 돌아가셨다.

내 밑으로 여동생 한 명이 있다.

전업주부였던 엄마는

그때부터 나와 동생의 생계를 책임져야 했다.

못 먹고 못 입을 정도는 아니었지만,

여유롭지 않은 생활이었다.

간신히 대학을 졸업하고

회사에 입사한 지 2년 만에 결혼하였다.

생각해 보면 처음부터 시어머니가 좋았고,

시어머니도 나를 처음부터 맘에 들어 하셨던 것 같다.

부모란 하나의 중요한 직업이다.
그렇지만 여태까지 자식을 위해 이 직업의
적성 검사가 행해진 적은 없다.

버나드 쇼

결혼한 지 벌써 10년.

결혼하고 1년 만에 친정엄마가 암 선고를 받았다.

엄마의 건강보다 수술비 걱정에

잠을 이루지 못하는 날이 늘어갔다.

고심 끝에 남편에게 이야기했다.

남편의 형편을 아는 터라 기대하기가 미안했다.

남편은 걱정하지 말라며 내일 돈을 어떻게든 융통해 볼 테니

오늘은 걱정하지 말고 푹 자라고 했다.

다음 날,

엄마를 입원시키려고 친정에 갔지만,

엄마 또한 선뜻 나서질 못했다.

마무리 지을 게 있으니 나흘 뒤로 입원을 미루자고 했다.

엄마가 마무리 지을 것이 뭐가 있겠나….

수술비 때문이지….

집으로 돌아오는 길,

하염없이 눈물이 났다. 그때 시어머니께 걸려오는 전화.

"지은아 너 우니?

울지 말고 내일 나한테 3시간만 시간 내 줄래?"

다음 날 시어머니와의 약속장소로 나갔다.

시어머니는 나를 보더니 무작정 한의원으로 데려갔다.

예약 전화를 하셨는지 간병을 하고 있다고 들었다며

맥을 짚어 보고 몸에 맞는 한약 한 재를 지어주었다.

그러곤 다시 백화점으로 데려갔다.

솔직히 속으론 좀 답답했다.

내가 이럴 때가 아닌 이유도 있지만,

시어머니께 죄송한 마음도 컸던 것 같다.

운동복과 간편복, 선식까지 사주시고 나서야

집으로 함께 돌아왔다.

그리고 다시 날 방으로 부르시더니, 말씀하시기 시작했다.

"환자보다 병간호하는 사람이 더 힘들어.

병원에만 있다고 아무렇게나 먹지 말고, 아무렇게나 입지 마"

그러곤 봉투를 내미셨다.

"엄마 병원비에 보태 써라.

네가 시집온 지 얼마나 됐다고 돈이 있겠어.

그리고 이건 죽을 때까지 너랑 나랑 비밀로 하자.

네 남편이 병원비 구해오면 그것도 보태 쓰거라.

내 아들이지만

남자들은 본래 유치하고 애 같은 구석이 있어서

부부싸움 할 때 친정으로 돈 들어간 거

한 번씩은 꺼내서 속 뒤집어 놓는단다.

그러니까 우리 둘만 알자."

절대 받을 수 없다고 극구 마다했지만,

시어머닌 끝내 내 손에 꼭 쥐여주셨다.

나도 모르게 시어머니께 기대어 엉엉 울었다.

2천만 원이었다.

시어머니의 큰 도움에도 불구하고,

친정 엄만 수술 후에도 건강을 되찾지 못해

이듬해 봄에 결국 돌아가셨다.

친정엄마가 돌아가시던 날,
병원에서 오늘이 고비라는 말을 듣고,
쏟아지는 눈물을 참으며 남편에게 알렸다.
그때 갑자기 시어머님 생각이 났다.
나도 모르게 울면서 전화 드렸더니,
늦은 시간이었는데도
남편보다 더 빨리 병원에 도착하셨다.
엄마는 의식이 없었지만, 난 엄마 귀에 대고 말했다.

"엄마… 우리 어머니 오셨어요. 작년에 엄마 수술비 해주셨어.
엄마 얼굴 하루라도 더 볼 수 있으라고…."

엄마는 미동도 없었다.
그때 갑자기 시어머니는 지갑에서
주섬주섬 무엇인가를 꺼내서 엄마 손에 쥐여주셨다.
우리 결혼사진이었다.

"사부인… 저예요. 지은이 걱정 말고 사돈처녀도 걱정 말아요."

지은이는 이미 제 딸이고,

사돈처녀도 제가 혼수 잘해서 시집 보내줄게요.

그러니 걱정 마시고 편히 가세요."

그때, 거짓말처럼 친정엄마가 의식 없는 채로

눈물을 흘리시는 것이었다.

엄마께서 듣고 계신 거였다.

그렇게 우리 엄마는 편하게 하늘나라로 가셨다.

남편의 부모님, 아내의 부모님

모두 내 부모라는 생각으로 먼저 다가가 보세요.

어려운 일일 테지만, 어느 순간 내 부모만큼

가까워져 있을지도 모릅니다.

내 삶에 적용해보기

어머니의 사랑

1988년 아르메니아에서 발생한 강도 7의 강진.

건물 대부분이 파괴되며

무려 5만 5천명이 참사를 당한 대지진이 일어났다.

도시는 아비규환 그 자체였다.

이때, 무너진 9층 아파트.

그 잔해더미에는 '스잔나'라는 엄마와 네 살 난 딸 '가이아니'가

철근과 콘크리트 틈새 속에 갇혀 있었다.

스잔나와 가이아니는 오랜 시간 동안 갇혀 있었는데,

가이아니는 엄마에게 숨이 끊어질 듯 작은 목소리로

한 가지만 이야기하고 있었다.

자녀가 맛있는 것을 먹는 것을 보고 어머니는 행복을 느낀다.

자기 자식이 좋아하는 모습은 어머니의 기쁨이기도 하다.

플라톤

"목말라 엄마⋯ 목말라 엄마⋯ 목말라 엄마⋯."

물은커녕 움직일 수도 없었던 엄마였지만,
목마르다는 딸을 두고만 볼 수 없었다.

그때, 언젠가 TV에서 보았던 조난 당한 사람들이
피를 나눠 마시던 장면이 떠올랐다.

엄마는 1초도 지체하지 않고,
손을 더듬어 발견한 깨진 유리조각으로 손을 찢었다.
그러고는 흐르는 피를 딸의 입술에 계속 적셔주었다.
그렇게 2주가 흘렀고, 스잔나와 가이아니는 무사히 구출됐다.

세상 모든 엄마들은 먹지 않아도 배부르고,

얇게 입어도 춥지 않으며, 잠자지 않아도 졸리지 않습니다.

엄마니까요. 아니 정확히 말하자면 엄마가 그렇다고 하니까요.

그런데요. 막상 자식이 엄마가 돼보면 먹지 않으면 배고프고,

얇게 입으면 춥고, 잠을 못 자면 너무 힘들더랍니다.

그런데, 엄마처럼 하게 되더랍니다. 그게 엄마더랍니다.

내 삶에 적용해보기

어머니의 도시락

어느 중학생의 이야기다.

그 아이의 도시락에는 가끔 머리카락이 섞여 나왔다.

머리카락뿐 아니라 가끔 모래 같은 흙도 씹히는 모양이었다.

그러나 아이는 한 번도 짜증을 내지 않았다.

그 학생은 머리카락이 보이면 조심스레 걷어냈고,

모래가 씹히면 조용히 뱉어낼 뿐이었다.

모르고 씹어 넘겼을 때도 있는지 한동안 목이 메기도 했다.

이런 일이 매일 반복되자,

같은 반 친구들은 그 아이를 안쓰럽게 여기며

나는 눈과 귀와 혀를 빼앗겼지만,

내 영혼을 잃지 않았기에,

그 모든 것을 가진 것이나 마찬가지입니다.

헬렌켈러

학생이 없는 곳에서는
위생적이지 못한 학생의 엄마를 흉보기도 했다.
계모일지도 모른다는 소문까지 돌았지만,
그런 것 같지는 않았다.

그 아이와 친하게 지내는 친구가 한 명 있었지만
그 친구조차 아이의 집안 사정을 모르긴 마찬가지였다.
집안에 관해 도무지 말하지 않는 친구에게
사정이 있겠지 싶어 더는 묻지 않았던 것이었다.

그러다 졸업을 앞두고 두 친구가 헤어져야 할 상황이 되자
아이는 친구를 집으로 초대했다.
친구는 그제야 의문이 풀릴 수 있을 것이라 기대하며
아이의 뒤를 따라갔다.
언덕길을 한참 오르자 벽이 허물어지고,
금이 간 허술한 집들이 눈에 들어왔다.

아이는 집에 들어서자마자 큰 소리로
"어머니, 친구랑 함께 왔어요!"라고 외쳤다.

그러자 어두운 방에서 친구의 엄마가 더듬거리면서 나왔다.

"네 얘기 참 많이 들었다. 정말 고맙구나!"

아이의 어머니는 앞을 보지 못하는 시각장애인이었다.

∞∞

부모님이 창피할 때가 있었나요?

너무 나이가 많으셔서?

행색이 초라해서?

몸이 불편하셔서?

그래도 살면서 재미있는 일도 겪고,

웃을 일도 많고, 친구도 있고, 희망도 품고 살아갑니다.

그건 당신의 어머니가 열 달 동안 힘들게 당신을 품고

견딜 수 없는 고통과 마주하면서 당신을 낳았기 때문에

누릴 수 있는 특권입니다.

세상의 부모는 그렇게 똑같이 위대합니다.

∞∞

내 삶에 적용해보기

남들이 당신을 어떻게 생각할까 너무 걱정하지 말라.

그들은 그렇게 당신에 대해 많이 생각하지 않는다.

엘리노어 루즈벨트

엄마와 도시락

척추 장애를 가진 부부가 있었습니다.

그 둘은 진심으로 사랑했고,

여느 부부처럼 아이를 가졌습니다.

하지만 아이를 품은 열 달을

불안함과 미안함으로 보내고 있었습니다.

혹시나 자신들의 장애가 아이에게 유전되지 않을까

걱정스러웠기 때문입니다.

그러나 하늘은 부부에게

누구보다 건강한 아기를 보내주셨습니다.

엄마는 세상에 감사하는 마음으로 아이를 지극정성으로

키웠고, 아이 또한 건강하고 바르게 잘 자랐습니다.

어느덧 시간이 흘러 아이가 초등학교에 입학하게 됐습니다.
엄마는 다시 걱정하기 시작합니다.
한 살 두 살, 아이가 철이 들어가면서
몸이 불편한 부모를 창피해 할까 봐….
그런 아이의 마음이 당연하다고 생각한 엄마는
아이에게 상처가 될까 봐
단 한 번도 학교에 찾아가지 않았습니다.

그러던 어느 날, 아이가 도시락을 놓고 학교에 간 것입니다.
엄마는 다시 고민에 빠집니다.
도시락을 갖다 주면 아이가 창피할 테고,
그렇다고 갖다 주지 않으면,
점심을 거르게 되는데, 그것 또한 마음 아픈 일이었습니다.
고민 끝에 엄마는 몰래 갖다 주기로 마음먹었습니다.

그마저도 쉬는 시간에 찾아가면 아이들이 볼까 봐
수업시간 중에 학교로 찾아갔습니다.

난생 처음 보는 아이의 학교였습니다.

복받치는 마음을 억누르고

누가 볼까 조심스레 학교 안으로 들어서려는데,

교문 앞에 웬 아이들이 모여 있습니다.

어느 반의 체육 시간이었나 봅니다.

엄마는 그마저도 들킬까 봐 고개를 돌리고

한 발 더 학교 안으로 들어섰습니다.

그런데 엄마의 시선에 들어오는 한 그루의 나무가 있었습니다.

그리고 그 아래 낯익은 얼굴이 보였습니다.

아이였습니다.

심장이 쿵.

아이 반의 체육 시간이었던 것입니다.

심장이 터질 것처럼 뛰고 있었고,

얼굴은 하얗게 질릴 정도로 엄마는 당황해 있었습니다.

이내 정신을 차리고

힘든 몸을 이끌며 최대한 빠른 걸음으로

교문 밖으로 나가려는 순간,

저쪽 나무 밑에서 아이가 교문 쪽을 바라보며
입에 손을 모으고 소리쳤습니다.

"엄마!!!!!!"

엄마의 눈에는
이유를 알 수 없는 눈물이 쏟아지고 있었습니다.

∞∞∞∞∞∞∞∞∞∞∞∞∞∞∞∞∞∞∞∞∞∞∞∞∞∞∞∞∞∞∞∞∞∞∞∞∞

내가 가진 모든 조건이 열악해서

세상 모든 사람이 내가 나를 생각하듯 바라본다고 생각하세요?

절대 아닙니다.

스스로는 보지 못하지만,

조금 덜 드러난 능력과 아직은 덜 발산된 매력,

타인에게 힘을 불어넣어 줄 수 있는 활력까지

당신만 모르는 좋은 조건들을

다른 사람들은 모두 느끼고 공감하고 있습니다.

특히, 당신을 늘 곁에서 지켜보는 가족은 사랑의 마음이 더해져

당신을 세상 최고라고 생각하고 있습니다.

잊지 마세요!

∞ ∞

내 삶에 적용해보기

가족, 그 중에서도
아버지

항상 나를 응원하는 사람

아이에게, 친구들에게, 또 가족에게 그리운 사람이 되고 싶다.

누군가가 좋아해 주기보다 나를 그리워해 줬으면 좋겠다.

박경철 의사

힘내세요! 이 땅의 아빠들!

젊은 나이에 출세가도를 달리는 사람이 있었습니다.

그는 잦은 야근과 출장으로

집안일에 통 신경을 쓰지 못했습니다.

그러던 어느 날, 회사에서

그에게 황금 같은 휴일을 줬습니다.

그는 모자란 잠도 자고, 밀린 책도 읽으며

오래간만에 푹 쉬어야겠다고 생각했지만,

아내와 아들이 놀이공원으로 나들이 가자고 졸라대는 통에

마지못해 따라갔습니다.

그날 밤, 그는 일기장에 이렇게 적었습니다.

'오늘은 가족들과 놀이공원에 다녀왔다.

집에서 쉬고 싶었는데…. 몹시 피곤한 하루였다.'

하지만 아들의 일기장에는 다른 내용이 적혀있었습니다.

'오늘은 아빠와 놀이 공원에 다녀왔다.

최고로 즐거운 날이었다.'

이 땅의 아버지들이 얼마나 피곤한지….

휴일 없이 노는 것도 아니고 일하는 건데,

왜 몰라주는지 섭섭할지도 모릅니다.

아내도 압니다. 이 세상 모두가 다 압니다.

단 한 사람,

어린 자녀들은 모릅니다.

아직은 아빠의 힘든 직장생활보다

자신들과 놀아주지 못하는 아빠에게 못내 서운할 뿐입니다.

그러나 아빠들이여!

자녀들은 항상 그 자리에 머물러 있지 않습니다.

금방 자라서 부모의 손길이 필요하지 않은 순간이 옵니다.

그러니 피곤하고 힘들어도

아이들과 놀아주는 최고의 시간을 빼앗기지 마세요.

힘내세요! 이 땅의 아빠들!

내 삶에 적용해보기

겉모습만 보고 판단하지 말 것,

첫인상이 중요하긴 하지만,

그 중요성에 비해 그 정확성을 그리 신뢰할 만하지 않다.

이드리스 샤흐

아빠와 딸

어느 음식점에서 영업을 시작하려고 문을 열었습니다.

그때 어려 보이는 한 여자아이와 앞을 보지 못하는 어른이

조심스레 문을 열고 들어오는 것이었습니다.

음식점 주인은 행색만 보고

밥을 얻어먹으러 온 사람들로 생각하고

아직 영업 개시를 하지 않았으니 다음에 오라고 했습니다.

그러나 그 여자아이는 아무 말도 하지 않고

앞 못 보는 어른의 손을 이끌고

음식점 중앙에 자리 잡고 말했습니다.

"아저씨, 오늘이 우리 아빠 생신인데요.

빨리 먹고 갈게요. 죄송해요"

그제야 음식점 주인은

얻어먹으러 온 사람은 아니라고 판단했지만,

그래도 행색이며 뭐며 영 마음이 불편했습니다.

할 수 없이 아이가 주문한 국밥 두 그릇을 갖다 주고

그들의 모습을 물끄러미 바라봤습니다.

아이는 "아빠! 내가 국그릇에 소금을 넣어줄게!"

그렇게 말하고는 소금과 함께

자기 국그릇에 있는 고기를 떠서

앞 못 보는 아빠의 그릇에 가득 담아 주는 것이었습니다.

그러고서 아이는

"아빠! 이제 됐어 이시 믹어.

주인아저씨가 빨리 먹고 가야 한대.

어서 밥 드세요. 내가 김치 올려줄게요."

그 광경을 지켜보던 주인은 조금 전에 했던 행동이
너무나 부끄러워 고개를 제대로 들 수가 없었습니다.

∞∞∞∞∞∞∞∞∞∞∞∞∞∞∞∞∞∞∞∞∞∞∞∞∞∞∞∞∞∞∞∞∞∞∞∞∞

우리가 사람을 판단하는 기준은 무엇일까요?

만약에 다른 사람들이 내 행동이나 말투,

어쩜 옷차림조차도 마음에 들지 않아서

선입견을 가지고 부정적으로 생각한다면 어떨까요?

아마 억울한 마음에 가슴이 답답할 것 같습니다.

세상을 살면서 보이는 것만으로 판단한다는 것은

가장 어리석은 행동입니다.

∞∞∞∞∞∞∞∞∞∞∞∞∞∞∞∞∞∞∞∞∞∞∞∞∞∞∞∞∞∞∞∞∞∞∞∞∞

내 삶에 적용해보기

사랑은 바위처럼 가만히 있는 것이 아니다.

사랑은 빵처럼 늘 새로 다시 만들어야 한다.

어슬러 K. 르귄

아빠, 정말 죄송해요

눈을 씻고 찾아봐도 애교는 보이지 않고,

오히려 무뚝뚝하기까지 한, 선머슴 같은 딸이 바로 나다.

그렇게 딸 키우는 재미 하나 드리지 못하는 딸이지만,

아버지는 어떤 상황에서든 자신보다 내가 먼저다.

물론 세상의 다른 아버지들도 모두 그렇겠지만….

아버지에게는 나만큼이나 소중한 한 가지가 더 있다.

그건 바로 아버지와 20년 세월을 함께 살아온

낡은 트럭이다.

물론 아버지하고만 20년을 산 건 아니다.

우리 가족과 20년의 세월을 같이해 온 추억이 서려 있는

소중한 트럭이다.

그런데 사춘기가 되니 낡고 허름한 그 차가 창피하기만 했다.

비가 오는 날이면 꼭 아버지께서는 날 데리러 학교로 오신다.
혼자 오시는 건 아니다. 꼭 트럭을 타고 오신다.
내 걱정돼서 바쁜 와중에도 오시는 아버지에게
퉁명스럽게 한마디 한다.

"데리러 오지 않아도 된다니까요. 어련히 알아서 갈까…
저런 차 타느니 차라리 비 맞고 걸어가는 게 훨씬 나아."

차도 차였지만, 내 속도 모르고 자꾸만 데리러 오는
아버지에게 화가 나 뱉지 말아야 할 말을 내뱉고 말았다.

딸의 모진 말에도 아버지께서는 화내기는커녕 미안해하셨다.
얼마 후, 아버지는 아끼던 낡은 차 대신 새 차를 장만했다.

폭우가 쏟아지던 날,
학교 밖 정문 사이로 익숙한 얼굴이 보였다.
아빠였다. 새 차를 가지고 데리러 오셨지만,

데리러 오지 말라던 내 말 때문에

선뜻 학교로 들어오시지도 못하고 밖에서 서성이고 계셨다.

갑자기 가슴이 뜨거워지더니 울컥 눈물이 쏟아졌다.

죄송한 마음이 눈물로 모두 씻겨져 나오는 것 같았다.

'아빠, 정말 죄송해요.

철없는 딸이 아빠 마음도 몰라주고…

이제 좋은 차 다 필요 없어요.

그냥 아빠 얼굴 보고 수다 떨며 집에 가는 게 가장 행복해요.

사랑합니다. 그리고 고맙습니다.'

아버지에게 왜 더 잘해주지 않느냐며

섭섭한 마음이 들 때도 있습니다.

그러면 안 되는 거 알면서

나도 모르게 그렇게 내뱉을 때가 있습니다.

어떤 이유에서든 그렇게 한 행동은 잘못이지만,

그래도 이해합니다.

대신. 아버지라서 이해하겠지 라는 마음으로

은근슬쩍 넘어가지 마세요.

아버지는 벌써 잊으셨겠지만,

'잘못했습니다.'라는 한 마디는 꼭 해드리세요!

내 삶에 적용해보기

아버지의 마중

퇴근하려는데

검은 구름이 온 하늘을 뒤덮더니 비가 떨어져 내렸다.

금방 그칠 비가 아닌 것 같아

집으로 가는 발걸음을 재촉했다.

그런데 얼마쯤 가다 보니

저쪽에서 누군가가 나에게 손짓을 하였다.

고목처럼 여윈 팔을 이리저리 흔들며 웃고 계신 분은

다름 아닌 아버지였다.

아버지는 말없이 나에게 우산을 하나 건네주고는

당신 먼저 앞으로 뚜벅뚜벅 걸어가셨다.

인생에서 최고의 행복은 우리가
사랑받고 있음을 확신하는 것이다.

빅터 위고

얼떨결에 우산을 받아 든 나는 "고맙습니다"라고 말했지만
그다음에는 할 말이 없어 잠자코 뒤따라갔다.

그 뒤 비가 올 때마다 아버지는 어김없이 그 자리에서
나를 기다렸다가 우산을 건네주셨다.
어느 순간 나는 아버지의 마중을 감사하게 생각하기보다는
아주 당연하게 받아들이게 되었다.

그러던 중 비가 오는 어느 날,
그날도 나는 아버지가 우산을 들고
마중을 나와 계시리라 생각했는데 아버지가 보이지 않았다.
나는 마중 나오지 않은 아버지를 원망하며
그대로 비를 맞으며 집으로 갔다.

집에 들어선 나는 잔뜩 부어오른 얼굴로 아버지를 찾았다.
그런데 잠시 뒤 나는 가슴이 뜨끔해졌다.
아버지가 갈고리 같은 손에 우산을 꼭 쥔 채로 누워 계셨다.

"그렇게나 말렸는데도 너 비 맞으면 안 된다고

우산 들고 나가시다가 몇 발자국 못 가 쓰러지셨단다."

어머니의 말씀에 나는 끝내 울음을 터트리고 말았다.
밭고랑처럼 깊게 패인 주름살에 허연 머리카락을 하고
맥없이 누워 계신 초라한 아버지를 보며
나는 나 자신이 너무 미워졌다.

마중 나온 아버지께
힘들게 그럴 필요 없다고 말하기는커녕
아주 당연하게 여겼던 것이 못내 부끄러웠다.

나는 그날 아버지의 깊은 사랑을 뒤늦게 깨달으며
한참동안 울었다.
20여 년의 세월이 흐른 지금도
나는 그때를 생각하면 가슴이 아프다.

∞ ∞

부모님을 아프게 해도

부모님을 창피하게 여겨도

부모님 마음을 몰라줘도

부모님의 희생을 당연하게 여겨도

너무 늦지 않게 그 마음을 알아주세요.

부모님에 대한 보답은 늘 시간이 부족합니다.

후회하는 자식들의 한결같은 대답입니다.

∞ ∞

내 삶에 적용해보기

가족, 사랑하는 나의
가족

나와 같은 곳을 바라보는 사람

사랑이란 서로 마주보는 것이 아니라

둘이서 똑같은 방향을 내다보는 것이라고

인생은 우리에게 가르쳐 주었다.

생텍쥐페리

부부로 산다는 것은

자동차 헤드라이트에 비치는 비는

실제로 내리는 것보다 훨씬 많게 느껴진다.

밤 11시 이은자 씨가 운전하는 4.5t 트럭이

영동고속도로 하행선 여주 부근을 달린다.

좀처럼 보기 어려운 여자 트럭운전사.

이씨는 몸이 작아서 트럭운전을 한다기보다

트럭 운전대에 매달려 가는 것 같다.

트럭이 차선을 바꾸자 운전석 뒤편의 링거 팩이 흔들거린다.

무슨 사연일까?

렌터카, 택시, 버스, 안 해본 운전이 없는

경력 35년 베테랑 운전사인 남편 심원섭 씨.

1995년에 뇌졸중으로 쓰러졌다.

뇌졸중이 나아질 무렵 다시 6차례 심장 수술을 받았고,

신장병까지 겹쳤다.

아픈 몸을 이끌고 운전대를 놓지 못하는 남편 옆에서

수발을 들던 이씨는 2004년에 아예 운전을 배웠다.

몸이 아픈 남편을 위해 잠시라도 교대를 해주기 위해서였다.

트럭 뒤편에는

남편 심원섭 씨가 누워서 복막 투석을 하고 있다.

고속으로 달리는 트럭 속에서 투석은 30분 만에 끝났다.

하루 네 번, 때와 장소를 가리지 말고 투석을 해야 한다.

투석을 마치자 남편 심씨가 코를 골며 잠을 잔다.

"시끄럽지요? 하지만 저 소리가 나한테는 생명의 소리여요"

가끔 코를 고는 소리가 들리지 않으면

손을 뒤로 뻗어 남편의 손을 만져본다.

온기가 고스란히 전달되는 남편의 손.

곤하게 잠든 남편이 고마울 뿐이다.

부부는 일주일에 세 번씩 서울과 부산을 왕복한다.

수도권 지역 공단에서 짐을 받아 부산 지역에 내려놓고,

부산에서 짐을 받아 서울로 가져온다.

원래는 남편이 혼자서 하던 일.

트럭이 안산공단에 들어서자 남편이 운전대를 잡았다.

좁고 복잡한 시내 길은 남편 심씨가,

고속도로같이 쉬운 길은 아내 이씨가 운전을 한다.

낮에는 지방에서 전날 밤 싣고 온 짐을

안산 반월공단 공장을 돌며 내려놓는다.

해 질 녘이 되면 쉬지도 않고 지방으로 가져갈 물건을 싣는다.

저녁 7시쯤 경기도 안양에 있는 집에 눈 붙이러 잠시 들른다.

남편은 집까지 걸어가기 힘들다며

그냥 차 안에서 쉬겠다고 한다.

아내만 어두운 골목길을 따라 집으로 향한다.

이틀 만에 돌아온 집은

온통 빨랫감과 설거짓감으로 발 디딜 틈도 없다.

공무원 시험 준비를 하는 막내아들 뒤치다꺼리도

이씨 몫이다.

집 안 청소를 마친 이씨는 무너지듯 쓰러진다.

밤 10시, 정말 짧은 단잠을 자고 돌아온 아내에게

남편은 무뚝뚝하게 한 마디 던진다.

"좀 쉬었어?"

제대로 쉬지 못한 것을 뻔히 알면서도,

미안함에 쑥스러워 한 마디 던진 것이다.

아내는 잘 안다. 남편이 얼마나 미안해하고 있는지…

아내는 별말 없이 트럭에 시동을 건다.

밤 12시,

뒤에 있던 남편이 눈을 뜨며 라면이라도 먹고 가자고 한다.

충북 괴산휴게소에 차를 세워놓고 아내가 라면을 끓인다.

신장병을 앓고 있는 환자 특유의 입맛 때문에
남편은 아내가 끓인 라면이 아니면 먹지 못한다.

부부는 먼 여정을 떠나기 전,
트럭에서 모자란 잠을 보충하고 떠나기로 한다.
남편이 운전석 뒤편 남은 공간에 눕는다.
아내는 운전석에 나무 합판을 깐 뒤 잠을 청한다.

"이렇게라도 함께 잘 수 있어 좋습니다.
꼭 신혼 단칸방 같지 않나요?"
남편 심씨가 애써 웃는다.

새벽 4시 캄캄한 어둠을 가르고 트럭은
다시 목적지를 향해 행복한 여정을 떠난다.

"피곤해도 자동차 타고 여행 다니는 심정으로 일하지 뭐!
일 때문에 고생한다고 생각하면 더 힘들어지는 거 아니냐?"
남편과 아내가 손을 꼭 쥐었다.

모름지기 부부는 같은 곳을 바라보며

먼 미래를 향해 여정을 떠나는 배와 같다고 했습니다.

때로는 등대가 되어주고, 돛도 되어주며 그렇게 의지하며

인생의 종착역을 향해 함께 달려가는 것입니다.

내 삶에 적용해보기

아내의 뒷모습

아내는 지금 아이를 낳으러 갔습니다.

지난 밤부터 배가 살살 아파온다며,

곧 나오는 게 아니냐며 걱정하던 아내는

불안한 밤을 보내고,

아침에서야 부랴부랴 병원으로 향했습니다.

꼬박 아홉 달…

아내의 뱃속에서 기쁘게도 하고, 힘들게도 했던

우리의 아이가 세상에 나올 준비를 마치고

오늘 모습을 보여주려나 봅니다.

입원 수속을 끝내고, 장모님이 오셔서

아내란
자신이 만들어낸 작품이란 것을
남편은 알아야 한다.

오노레 드 발자크

저는 잠시 미처 챙기지 못한 출산 준비물을 챙기러
집에 들렀습니다.

부랴부랴 짐을 챙기고 신발을 신고 나가려는 순간,
현관문에 가지런히 놓인
아내의 신발과 메모 한 장이 눈에 들어왔습니다.

저는 왈칵 쏟아지는 눈물을 주체할 수 없었습니다.

'여보,
내가 아이를 낳다가 어찌 될지 모르는 거니까,
그래서 당신에게 미처 못 전하고 가는 말이 있을까 봐...

우리 그 정도면 행복했지?
그리고 우리 정말 많이 사랑했지?

내가 혹시 어찌 되더라도 좋은 뒷모습을 남기고 싶어.
좋은 모습만 기억해줘요.
사랑해...!

아내는 촌각을 다투는 상황에서도

남편에게 좋은 모습을 보이고 싶어

신발을 가지런히 놓고 나간 것이었습니다.

아내의 신발을 가슴에 안은 지금,

아내의 온기가 그대로 내 가슴에 들어옵니다.

단 한 명의 여자를 만나 사랑하고 결혼을 합니다.

그땐 뭘 해도 예쁘기만 하던 아내가

시간이 흐를수록 드세지기도 하고,

흐트러진 모습을 보이기도 합니다.

부부싸움은 잦아지고,

아내는 아내대로 서운함에 잠 못 이룬 날도 많았을 것입니다.

그런데 당신의 아내는 말입니다.

당신의 아이를 낳느라 몸매도 망가지고,

가족 챙기느라 화장은커녕

무릎 나오고 목 늘어난 티셔츠를 즐겨 입게 됐습니다.

아내도 예쁘고 청초했던 시절이 있었다는 걸 잊지 마세요.

당신 때문에 변한 건 아니지만, 당신을 위해 변한 아내에게

퉁명스러운 한 마디가 아닌 따뜻한 말 한 마디 해준다면,

아내는 그보다 행복한 오늘을 살게 될 것입니다.

∞∞∞

내 삶에 적용해보기

· ·

· ·

· ·

· ·

· ·

· ·

· ·

· ·

남의 조그만 허물을 꾸짖지 말고,

남의 비밀을 드러내지 말며,

남의 지난날 잘못을 생각하지 마라.

이 세 가지는 가히 덕을 기르며,

또한 해로움을 멀리할 것이다.

채근담

난 새댁이 참 부럽네요

결혼한 지 얼마 안 된 젊은 부부가 있었습니다.

하루는 아내가 이웃집에 초대받아 가게 되었습니다.

집 안으로 들어간 아내는 우연히 화장대에 놓인

커다란 보석 반지를 보게 됩니다.

반지를 본 아내는 한순간의 유혹을 뿌리치지 못하고 그만

반지에 손을 대고 말았습니다.

다음 날 오후를 훌쩍 넘기고 나서야

이웃집 아주머니는 반지가 없어진 사실을 알게 되었습니다.

아내가 훔쳐갔다고 확신한 아주머니는 아내를 찾아와

다짜고짜 반지를 내놓으라며 호통을 쳤습니다.

당황한 아내는 자신이 그러지 않았다며 발뺌을 하게 되고,
아주머니는 더 화가 나 아내를 몰아세웠습니다.

"안방에 들어온 사람이 우리 식구랑 새댁뿐인데도,
거짓말을 계속할 거야?"

아내가 끝까지 훔치지 않았다고 우기자
아주머니는 결국 경찰까지 부르는 상황에 이르게 되었습니다.
상황은 걷잡을 수 없이 커졌고,
사람들은 무슨 구경거리라도 생긴 듯
우르르 몰려들기 시작했습니다.

그때, 마침 퇴근하고 돌아오던 남편이
그 상황을 보게 되었습니다.
아내가 사람들에게 둘러싸여 있는 것을 본 남편은
사람들에게 큰소리로 호통을 쳤습니다.

"제 아내는 절대 그럴 사람이 아닙니다.
왜 내 아내에게 그런 누명을 씌우는 것입니까?

저는 제 아내를 믿습니다. 그러니 모두 돌아가 주세요."

남편의 강직하고 단호한 한마디에
사람들은 하나, 둘 자리를 떠났습니다.
경찰은 물론 이웃집 아주머니도 일단 집으로 돌아갔습니다.
남편은 아내가 안정을 취하도록 침대에 눕혔습니다.
그리고 아내가 잠이 들자,
전날 밤 화장대 서랍에서 보았던 반지를 꺼내 들고
조용히 이웃집을 찾았습니다.

그리고 남편은 무릎을 꿇고 진심으로 용서를 구했습니다.

"아내가 한순간의 욕심을 이기지 못하고
큰 잘못을 저질렀습니다.
아내와 저는 하나입니다. 그러니 저를 벌해 주세요."

남편의 말에서 진심을 느끼게 된 이웃집 아주머니는
말없이 남편을 돌려보냈습니다.
그런데 멀리서 그 모습을 지켜보는 한 사람이 있었습니다.

바로 아내였습니다.

남편의 강한 믿음과 깊은 사랑의 모습을 지켜본 아내는
자신의 잘못을 뼈저리게 후회하며
다음 날 아침 아주머니를 찾아갔습니다.
그리고 깊이 사죄했습니다.
그러자 아주머니가 아내의 손을 지그시 잡으며 말했습니다.

"난 새댁이 참 부럽네요."

부부간의 큰 사랑은 허물을 탓하기 전에

더 큰 사랑으로 덮어주는 것입니다.

대신 그 사랑과 믿음으로 스스로 잘못을 깨닫고 반성하게 한다면,

그보다 더 아름다운 관계는 없을 것입니다.

오늘도 여전히 배우자의 잘못이 보이나요?

쉽진 않겠지만, 한 번쯤 큰 사랑으로 덮어보세요.

놀라운 변화가 생길지도 모릅니다.

내 삶에 적용해보기

형제자매가 있는 사람은 자신이 얼마나 운이 좋은지 몰라.

물론 많이 싸우겠지, 하지만 항상 누군가 곁에 있잖아,

가족이라 부를 수 있는 존재가 곁에 있잖아.

트레이 파커

누나와 앵무새

어머니께서 지병으로 누워 계신 지
몇 해가 되었습니다.
그런 어머니가 어느 날,
헝클어진 머리카락을 곱게 빗어 쪽 진 뒤
우리 남매를 불러 앉혔습니다.
마치 돌아오지 못할 여행이라도 떠나는 사람처럼
얼굴에 슬픔이 가득했습니다.

그리고 어머니께서 말씀하셨습니다.
"정수야, 누나를 부탁한다.
네가 누나의 목소리가 돼줘야 해. 그럴 수 있지?"
"엄마, 왜 그런 말씀을 하세요. 그러지 마세요."

어머니는 말 못하는 누나가 마음에 걸려

차마 눈을 감을 수 없다며 제 손을 꼭 잡고 당부하셨습니다.

며칠 뒤 어머니는 그렇게 우리 남매의 손을 하나로 맞잡고는

돌아오지 않을 먼 곳으로 영영 떠나셨습니다.

그로부터 10년이 지나게 되었으며,

저는 먼 친척의 도움으로

야간 고등학교를 마칠 수 있었습니다.

그 후, 서울에 직장을 얻은 저는

누나와 함께 서울로 상경했습니다.

그러던 어느 날 퇴근 후 집에 돌아오고 있는데

동네 한쪽 잘 보이지 않는 곳에

누나와 아이들이 모여 있었습니다.

무심히 돌아봤는데 누나가 앵무새 한 마리를 놓고

동네 아이들과 무엇인가를 하는 것이었습니다.

신경 쓰고 싶지 않아 집으로 들어가려던

제 귓전에 알아들을 수 없는 앵무새 소리가 들렸습니다.

"주주… 주… 주우…."

앵무새도 아이들도 알아들을 수 없는 소리를 내고 있었지만,

신경 쓰고 싶지 않았습니다.

그 후로도 동네 아이들과 누나 그리고 앵무새는

동네 한쪽에 모여 알 수 없는 소리를 내는 일을 반복했습니다.

"웅얼웅얼" "주우… 주주… 주우…."

모처럼 쉬는 날, 마치 천식 환자처럼 그렁대는 앵무새는

내 늦잠을 방해하고 신경을 건드렸습니다.

"제발 저 앵무새 치워버릴 수 없어?"

누나에게 얼음장처럼 차가운 표정으로 쏘아붙였습니다.

누나는 그런 제 태도에 난감한 표정이었지만,

애써 못 들은 척하는 것 같았습니다.

그렇게 또 며칠이 지난 어느 날,

누군가의 반복되는 말에 잠이 깨버린 전,

소스라치게 놀라고 말았습니다.

"생일… 추커… 생일… 추카!"

앵무새는 분명 그렇게 말하고 있었습니다.

그리고 누나가 건네준 카드에는

단정한 글씨로 이렇게 쓰여 있었습니다.

"생일 축하한다. 내 목소리로 이 말을 꼭 해주고 싶었는데…"

"생일…추커… 생일… 추카!"

목소리가 없는 누나가 저에게 난생 처음 들려준 말이었습니다.

앵무새에게 그 한마디를 훈련 시키기 위해

누나는 그렇게 여러 날을 동네 아이들에게 부탁하여

연습을 하고 있던 것이었습니다.

전, 쏟아지는 눈물을 애써 감추려 고개 숙여

미역국만 먹고 있었습니다.

모두가 나에게 등을 돌려도, 가족만은 당신 편입니다.

그렇게 가까운 가족에게 살가운 말 한마디 해주는 게

가장 쑥스럽죠?

당신의 부모도 형제도 모두 마찬가지일 것입니다.

가족이 먼저 다가오길 기다리지 말고 내가 먼저 표현해 보세요.

표현하지 않아도 그 마음 충분히 알겠지만,

표현해 준다면 입가에 행복한 미소가

떠나지 않을 것입니다.

내 삶에 적용해보기

3   은혜에 보답하다

아름다운 당신에게 드립니다

은혜에 보답하다

자녀

함께함으로 위로와 힘이 되다

가장 귀중한 사랑의 가치는
희생과 헌신이다.

그라시안

가족은 그런 것 같습니다

제가 고등학교 1학년이었고,

동생이 중학교 2학년이었던 시절 이야기입니다.

학교가 집 근처에 있어 걸어 다녔던 저와는 달리

동생은 학교가 멀어 버스를 타고 통학을 해야만 했습니다.

그래서 동생은 늘 엄마가 주시는 차비를 들고

집을 나섰습니다.

그런데 차비를 들고 집을 나선 동생이

버스를 타지 않고 걸어가는 모습을 보게 됐습니다.

괘씸했습니다.

그래서 쫓아가 따져 물었더니
"가족의 평화를 위하여"라는 이상한 말만 하고
씩 웃는 것이었습니다.

다음 날도 어김없이 엄마는 동생에게 차비를 주었고,
그 모습을 본 저는
"엄마 차비 주지 마세요. 버스는 타지도 않아요.
우리집 생활도 빠듯한데
거짓말 하는 녀석한테 왜 차비를 줘요!"
하며 동생이 얄미워 볼멘소리를 했습니다.

하지만 엄마는 먼 길을 걸어 다니는 동생이 안쓰러우셨는지
내 말은 아랑곳하지 않고, 동생에게 차비를 쥐어주며
"오늘은 꼭 버스 타고 가거라"라고 당부하시며 보냈습니다.

그 차비가 뭐라고 전 엄마한테 왜 내 얘긴 듣지도 않냐며
툴툴대기 일쑤였습니다.

며칠 후, 학교 갔다 집에 돌아와 보니
온 집안에 맛있는 냄새로 가득했습니다.

얼른 주방으로 뛰어가 보니
놀랍게도 맛있는 불고기가
지글지글 구워지고 있는 것이었습니다.
당시 우리 집은 형편이 어려워 고기는커녕
끼니 챙겨 먹기도 어려운 지경이어서 더욱 기쁨은 컸습니다.

저는 얼른 들어가 고기를 한 쌈 크게 싸서 입에 넣으며
미소 가득한 얼굴로 물었습니다.
"오늘 무슨 날이에요?"

그러자 어머니께서 말씀하셨습니다.
"날은 무슨 날…

네 동생이 형이랑 엄마 아빠 기운 없어 보인다고,

그 동안 모은 차비로 고기를 사왔구나"

가족이 오순도순 고기를 먹으며 기뻐하는 모습을 상상하며,
그 먼 길을 걷고 또 걸었다고 했습니다.
진정한 가족의 평화를 위해…

성인이 되고 불고기라도 먹는 날이면,
그 날 동생의 모습이 생각나 대견함에
눈시울이 붉어지곤 합니다.

∞∞

가족은 그런 것 같습니다.

형이 못하면 동생이

동생이 부족하면 형이

자식에게 허물이 있으면 부모가

부모님이 연세가 들면 자식이

그렇게 서로 감싸며 평생 행복을 만들어 가는 것.

가족은 그런 것 같습니다.

∞∞∞∞∞∞∞∞∞∞∞∞∞∞∞∞∞∞∞∞∞∞∞∞∞∞∞∞∞∞∞∞∞∞∞∞∞∞

내 삶에 적용해보기

사랑은 나중에 하는 게 아니라
지금 하는 것이었다.
살아 있는 지금 이 순간에.

위지안

세상에서
가장 아름다운 모습

시장에서 찐빵과 만두를 만들어 파는

아주머니 한 분이 계셨습니다.

어느 날, 하늘이 울락말락 꾸물거리더니

후두둑 비가 쏟아지기 시작했습니다.

소나기겠지 했지만, 비는 두어 시간 동안 계속 내렸고,

도무지 그칠 기미를 보이지 않았습니다.

아주머니에게는 고등학생 딸이 한 명 있었는데

미술학원에 가면서

우산을 가져가지 않은 게 생각났습니다.

서둘러 가게를 정리하고

우산을 들고 딸의 미술학원으로 달려갔습니다.

그런데 학원에 도착한 아주머니는 학원 문 앞에

들어가지도 못한 채 주춤거리고 서 있는 것이었습니다.

부랴부랴 나오는 통에

밀가루가 덕지덕지 묻은 작업복에

낡은 슬리퍼, 심지어 앞치마까지 둘러매고 왔기 때문입니다.

감수성 예민한 여고생 딸이

혹시나 엄마의 초라한 행색에 창피해 하진 않을까

생각한 아주머니는

건물 주변의 학생들이 잘 보이지 않는 곳에서

딸을 기다리기로 했습니다.

여전히 빗줄기는 굵었고,

한참을 기다리던 아주머니는 혹시나 해서

학원이 있는 3층을 올려다봤습니다.

학원이 끝난 듯 보였습니다.

마침 빗소리에 궁금했는지, 아니면 엄마가 온 걸 직감했는지

딸아이가 창가를 내려다보았고,

아주머니와 눈이 마주쳤습니다.

반가운 마음에 딸을 향해 손을 흔들었지만,

딸은 못 본 척 몸을 숨겼다가 다시 살짝 고개를 내밀고,

다시 숨기고 하는 것이었습니다.

딸은 역시나 엄마의 초라한 모습 때문에

기다리는 것을 원치 않는 것 같았습니다.

슬픔에 잠긴 아주머니는

딸을 못 본 것처럼 하고 가게로 갔습니다.

그로부터 한 달이 지났습니다.

미술학원으로부터 학생들의 작품을 전시한다는

초대장이 날아왔습니다.

자신을 피하던 딸의 모습이 생각나

전시회를 가야 할지 말아야 할지

한나절을 고민하던 아주머니는 늦은 저녁에야

가장 깨끗한 옷으로 갈아입고 미술학원으로 달려갔습니다.

끝났으면 어쩌나 걱정을 한가득 안고 달려온 아주머니는
다행히도 열려있는 학원 문에 안도의 한숨을 쉬었습니다.

또다시 학원 문 앞에서 망설였지만,
결심한 듯 문을 열고 들어가
벽에 걸려있는 그림 하나하나를 감상하기 시작했습니다.

그때, 한 그림 앞에 멈춰선 아주머니,
당황한 기색이 역력한 채로 그림을 응시하고 있었습니다.

제목: '세상에서 가장 아름다운 모습'
비, 우산, 밀가루 반죽이 허옇게 묻은 작업복,
그리고 낡은 신발.
그림 속에는 한 달 전 어머니가 학원 앞에서
자신을 기다리던 초라한 모습이 고스란히 담겨 있었습니다.

그 날 딸은 창문 뒤에 숨어
아주머니를 피한 것이 아니고
자신의 화폭에 담고 있었던 것입니다.

어느새 엄마 곁으로 환하게 웃으며 다가온 딸과

눈이 마주쳤습니다.

눈물이 흐르는 것을 간신히 참으며

모녀는 그 그림을 오래도록 함께 바라봤습니다.

딸은 가장 자랑스러운 눈빛으로…

어머니는 가장 행복한 눈빛으로…

∞∞∞∞∞∞∞∞∞∞∞∞∞∞∞∞∞∞∞∞∞∞∞∞∞∞∞∞∞∞∞∞∞∞∞

부모님이 자식 생각하는 크기에 비하진 못하겠지만,

자식 또한 부모님을 자랑스러워하고, 걱정하며 사랑합니다.

또한, 당신도 누군가에게 소중한 사람입니다.

오늘은 나를 소중하게 여겨주는 누군가에게 마음을 표현해 보세요.

작은 표현이 서로의 마음을 알아가는

작은 불씨가 된다는 것을 잊지 마세요.

∞∞∞∞∞∞∞∞∞∞∞∞∞∞∞∞∞∞∞∞∞∞∞∞∞∞∞∞∞∞∞∞∞∞∞

내 삶에 적용해보기

illust by KongSeungbee.

우리는 모두 누군가에게
필요한 사람입니다

초등학교 3학년과 1학년의 아이를 둔 엄마가 있었습니다.

남편은 얼마 전 교통사고로 하늘나라로 갔지만

죽은 남편이 가해자로 몰려 피해보상을 해주느라

집이며 돈이며 모두 잃고,

얼마 남지 않은 돈으로 생활하게 되었습니다.

다행히 아는 분의 도움으로 간신히 몸만 뉠 수 있는

작은 집에서 머물 수 있게 되었습니다.

엄마는 빌딩청소며, 식당 일이며 온종일 쉬지 않고 일을 했고,

집안일은 초등학교 3학년인 맏이 영호가 도맡아 했습니다.

우리는 모두 인생의 격차를 줄여주기 위해서 있는

그 누군가가 있기에 힘든 시간을 이겨내곤 합니다.

오프라 윈프리

어느 날 엄마는 냄비에 콩을 잔뜩 넣어놓고,
집을 나서며 쪽지글을 남겼습니다.

'냄비에 콩을 안쳐 놓았으니 이것을 조려 저녁 반찬으로 해라.
콩이 물러지면 간장을 넣어 간을 맞추면 된다.'

고된 삶에 지친 엄마는 더 이상은 버틸 수 없단 생각에
그날 밤 집으로 돌아와
순간적으로 삶을 포기할 생각을 했습니다.

마지막으로 아이들 얼굴이라도 볼 요량으로 찬찬히 둘러보는데,
영호의 머리맡에 쪽지 하나가 보였습니다.

그 쪽지를 보는 순간 엄마는 펑펑 울고 말았습니다.
그리고 잠시나마 잘못된 생각을 한 걸
뉘우치게 되었습니다.

'엄마! 오늘 엄마 말대로 콩이 물러졌을 때 간장을 부었는데
동생이 짜서 못 먹겠다고 투정해서 너무 속상했어요.

열심히 콩을 삶았는데, 이렇게 돼버려서 정말 죄송해요.

내일은 저를 꼭 깨워 방법을 가르쳐 주세요.

엄마! 피곤하지요? 엄마 고생하는 거 저희도 다 알아요.

긴강하세요. 사랑해요. 먼저 잘게요.'

인생을 살아가다보면

누구에게나 좌절과 어려운 순간이 찾아옵니다.

마음 약한 생각, 누구나 들 수 있습니다.

하지만 그럴 때마다 사랑하는 사람을 떠올리며 물어보세요.

그에게 누가 가장 필요한지…

우리는 모두 누군가에게 필요한 사람입니다.

내 삶에 적용해보기

177

사랑의 첫 번째 의무는
상대방에 귀 기울이는 것이다.

폴 틸리히

하늘나라 편지

오래전 피시방에서 아르바이트 할 때 겪은 일입니다.

어느 날, 한 초등학생 아이가

100원짜리 동전 하나를 건네며

10분만 인터넷을 할 수 있느냐고 했습니다.

저는 아이에게는 미안하지만, 규정대로 500원이 있어야

사용할 수 있다며 단호하게 거절했습니다.

그래도 그 아이는 100원밖에 없는데

10분만 하게 해주면 안 되냐고 계속 생떼를 썼습니다.

내일 400원 더 가지고 오라 했지만

아이는 울음을 터뜨리며 말했습니다.

"아빠한테 편지 써야 한단 말이에요."

저는 꼭 컴퓨터로 쓰지 않아도 된다며

편지지에 써보라고 말했습니다.

그러자 아이는 또 울먹이며 대답했습니다.

"편지지에 쓰면 하늘나라에 계신 저희 아빠가 볼 수 없어요."

자초지종을 들어보니 하늘나라에 계신 아빠에게 편지를 써도

답장이 없어 이메일을 보내려고 한다고 했습니다.

컴퓨터는 모든 나라에서 사용할 수 있으니까

하늘나라에도 갈 거라고 아이는 천진하게 말했습니다.

그 초롱초롱한 눈망울에 가슴이 짠해져서

컴퓨터 한 자리를 내어 주고

꼬마가 건네는 100원을 받았습니다.

10분 후, 꼬마가 와서 자신의 이메일을 하늘나라에

꼭 보내달라고 부탁했습니다.

아이가 남기고 간 편지에

저는 그만 눈물을 흘리고 말았습니다.

TO. 하늘에 계신 아빠

아빠, 저 승우예요.

거기는 날씨가 따뜻해요? 춥지 않나요?

여기는 너무 더워요.

아빠, 밥은 드셨어요?

저는 조금 전에 할머니랑 콩나물이랑 김치랑 먹었어요.

아빠~ 이제는 제 편지 보실 수 있을 거예요.

피시방 와서 아빠한테 편지 쓰니깐요.

아빠 많이 보고 싶어요.

꿈속에서라도 아빠 보고 싶은데

저 잘 때 제 꿈속에 들어와 주시면 안 돼요?

아빠 저 이제 그만 써야 돼요.

다음에 또 편지할게요.

세상에서 아빠가 가장 사랑하는 승우가

세상에서 가장 사랑하는 아빠한테 드림

누군가 내게 도움을 청한다면

아무리 사소한 것이라도 그냥 지나치지 말고

귀 기울여주는 우리가 됐으면 좋겠습니다.

어쩌면 지금 이 순간,

그에겐 가장 간절한 소원일 수도 있기 때문입니다.

내 삶에 적용해보기

자기가 가진
모든 것을 냈거든요

어느 귀금속 가게 앞에서 어린 소녀가

추위로 발을 동동 구르며 안을 살펴보다

가게 안으로 들어왔습니다.

"이 목걸이가 참 예쁘네요. 아저씨 포장해 주세요."

당황한 가게 주인이 물었습니다.

"그런데 누구에게 선물해 주려고 그러니?"

어린 소녀는 신이 나 이야기합니다.

"우리 언니에게요.

저는 부모님이 안 계셔서 큰 언니가 엄마와 같아요.

가장 아름다운 세계는 언제나 상상을 통해 들어간다.

헬렌켈러

그래서 몇 년 동안 모은 용돈으로

크리스마스 선물을 사주고 싶었는데,

이 목걸이가 가장 맘에 들어요. 언니도 좋아할 거예요."

가게 주인은 다시 물었습니다.

"그렇구나. 그래 돈은 얼마나 있니?"

그러자 어린 소녀는 당당하게 말했습니다.

"제 저금통을 털어서 전부 가지고 왔어요."

그러고는 단단히 싸서 온 손수건을 풀더니

동전을 쏟아 놓았습니다.

소녀는 목걸이 가격에 대해 전혀 모르는 것 같았습니다.

가게 주인은 가격표를 슬그머니 떼고는

예쁘게 포장해 주었습니다.

"네 이름이 어떻게 되니?"

"은지라고 해요."

"그래, 집에 갈 때 잃어버리지 않도록 조심해라."

"네, 감사합니다."

그리고 며칠 후, 크리스마스이브 날 저녁이 되었습니다.

한 젊은 아가씨가 가게 안으로 들어와서는 주인에게

목걸이를 내놓으며 말했습니다.

"혹시 이 목걸이를 판매한 가게가 맞으신가요?"

"네 저희 가게 물건입니다."

"죄송하지만, 누구에게 파셨는지 기억하시나요?"

"물론이지요. 은지라는 어린아이에게 팔았습니다."

"아 그렇군요.

제 동생인데 그 아이에게는 그런 큰돈이 없었을 텐데요."

"아니요. 누구도 지급할 수 없는 아주 많은 돈을 냈습니다.

자기가 가진 모든 것을 냈거든요."

자신의 모든 것을 내어주고 싶은 마음,

그런 예쁜 마음을 알아보는 눈,

진실을 밝히는 용기,

오늘 내가 한 따뜻한 일들이 행복한 재료가 되어

아름다운 세상을 만드는 데 더해진다면,

그것만큼 보람된 일은 없을 것입니다.

내 삶에 적용해보기

은혜에 보답하다

교육

당신의 사랑을 실천하겠습니다

진정한 사랑의 조건은 희생적인 헌신이다.

뒤파유

제자들과 함께한
선생님의 사랑

2차 대전 당시 독일군의 점령하에 있던 폴란드의 작은 마을

독일군이 들이닥쳐 유대인을 잡아간다는 소문으로

마을 사람들은 불안한 마음으로

하루하루를 지내고 있었습니다.

그런데 그 불행한 생각은 곧 현실이 됐습니다.

독일군이 마을에 들이닥친 것입니다.

독일군 일부는 마을로 진입했고,

또 일부는 학교로 향했습니다.

그러고는 학생 중 드문드문 섞여 있는

유대인 어린이들을 끌어내려고 했습니다.

겁에 질린 어린이들은 코르자크 선생님에게 매달렸습니다.
코르자크 선생님은 자신 앞으로 몰려온 유대인 어린이들을
두 팔로 모두 꼭 안아주었습니다.

독일군에게 아이들을 왜 데려가느냐고
반항이라도 하고 싶었지만,
살기 등등한 짐승이 된 그들에게 아무런 소용이 없었습니다.
아이들을 태울 트럭이 학교로 진입하자
아이들은 더욱 안타깝게 매달렸습니다.

독일군은 코르자크 선생님 곁에 매달려 있는
아이들을 떼어놓으려고 했습니다.
그러자 코르자크 선생님은 군인을 막아섰습니다.

"가만두시오. 나도 함께 가겠소."
"선생님이랑 같이 가자 선생님이 같이 가면 무섭지 않지?"

코르자크 선생님은 그렇게 아이들을 따라 트럭에 올랐습니다.
독일군이 선생님을 끌어내리려고 하자,

"내 어찌 사랑하는 아이들만 보낼 수 있단 말이오.
같이 가게 해주시오."

그렇게 선생님은 유대인이 아닌데도
강제수용소로 끌려가 트레뮬렌카 가스실 앞에 섰습니다.
그러고는 겁에 질린 아이들의 손을 꼭 잡고,
한 명 한 명 눈빛으로 안심시키며
아이들과 함께 가스실로 들어갔습니다.

그렇게 사랑하는 제자들의 두려움을
조금이라도 덜어주기 위해
기꺼이 자신의 목숨을 버린 것입니다.

히틀러에게 학살된 동포들을 기념하기 위해
예루살렘에 세워진 기념관 뜰에는
겁에 질려 떨고 있는 제자들을
두 팔로 꼭 껴안고 있는 코르자크 선생님의
동상이 세워져 있습니다.

세상에는 많은 형태의 사랑이 존재합니다.

어떤 사람은 사랑의 좋은 면만 보려고 합니다.

그러나 진정한 사랑은 어려움을 함께하고,

슬픔은 나누고, 아픔은 보살펴 주는 그런 사랑일 것입니다.

당신은 지금 어떤 사랑을 하고 있나요?

내 삶에 적용해보기

선생님의 믿음

아직도 잊을 수 없는 분이 있다.

성지중고등학교 김한태 교장선생님이다.

김한태 교장선생님에겐 많은 일화가 있지만,

그 중 기억에 남는 일화가 있다.

그 학교에 전과 13범 조폭 두목 학생이 입학했는데

여름엔 반바지에 러닝셔츠 차림으로

날마다 소주 한 병을 꿰차고 왔다고 한다.

게다가 교문 앞에서 동생뻘 되는 학생들에게

"90도 각도로 절하지 않으면 등교 못해"라고

엄포를 놓아 공포 분위기를 조성했다.

신뢰받는 것은
사랑받는 것보다 더 큰 찬사이다.

G. 맥도널드

학생들은 선생님에게 불평불만을 터뜨렸고

교사들은 회의를 열어 그 학생을 퇴학조치하기로 결정했다.

교사대표가 교장 선생님에게 회의 결과를 보고했다.

하지만 교장선생님은 그를 도저히 포기할 수 없었다고 한다.

말썽은 부리지만 날마다 학교에 오는 것이 신통했기 때문이다.

그래서 그를 교장실로 불렀다.

"여보게, 동생 같은 학생들인데 좀 잘해 주게"

그러자 조폭 학생은 탁자를 발로 차면서 소리쳤다.

"당신이 뭔데 나한테 이래라 저래라 하는 거야!"

그래도 교장선생님은 포기하지 않았다.

그 동안 야학을 30년간 해오면서

어려운 학생들을 선도한 경험이 있었기에

기어코 그를 변화시키고 싶었다고 한다.

학교 행사가 있을 때면 그에게 책임을 맡겨 진행하게 했고,

개교기념일엔 표창장을 주었다.

'표창장,

이 학생은 앞으로 선행을 할 가능성이 있으므로

이 상을 주어 표창함'

종이 한 장만 달랑 주면 혹시 찢어버릴지 몰라

근사하게 액자에 넣어 주었다.

상을 받고 기분이 나쁜 사람이 누가 있겠는가!

그는 상장을 집에 가지고 갔다.

부모님은 감격에 목이 메었다.

"세상에 우리 아들이 상을 다 받아 오다니…"

대못을 탕탕! 박아 거실 중앙에 걸어 두었다.

이를 본 손님들도 놀라움을 표시했다.

그 후 놀랍게도 학생은 서서히 변해갔다.

결국 그 학생은 자격증을 3개나 따고 전문대학에 입학했다.

만약 그를 퇴학시켰다면 어떻게 됐을까?

아마도 그는 전과 14범, 15범이 되었을지도 모른다.

스승의 '마음의 방'은

'기다림'이란 큰 기둥이 받쳐주고 있고,

'믿음'이란 예쁜 가구들로 채워져 있으며,

'포기'란 그릇에 '칭찬'을 가득 채워 놓았습니다.

스승의 기다림 속에 제자는 바른 길을 찾고,

자신을 믿어주는 스승 앞에 예쁜 미래를 꿈꿉니다.

포기를 무색하게 하는 칭찬으로 제자는 변화하기 시작합니다.

제자가 할 일은 단 한가지 입니다.

자신의 꿈을 이루는 것. 그것으로 스승은 만족합니다.

내 삶에 적용해보기

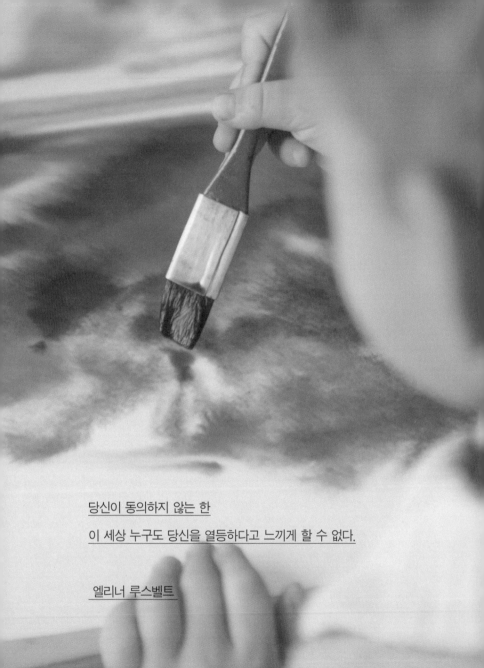

당신이 동의하지 않는 한

이 세상 누구도 당신을 열등하다고 느끼게 할 수 없다.

엘리너 루스벨트

남보다 뛰어나려 하지 말고
남과 다르게 되라

여덟 살 때까지 열등아였던 아인슈타인은

다른 아이들과 비교가 되어

주변으로부터 많은 놀림을 받았다.

하지만 15세 때 그는 이미 뉴턴이나 스피노자, 데카르트 같은

철학자의 책들을 독파하고 있었다.

아무도 눈치를 채지 못했다. 그러나 그의 어머니는 알았다.

만약 비교하기만 좋아하던 주변 사람들만 있었다면

아인슈타인은 존재하지 않았을 것이다.

남들과 다름을 눈치챈 어머니가 있었기에

아인슈타인이 존재하게 된 것이다.

탈무드에 이런 말이 있다.

"형제의 개성을 비교하면 모두 살리지만

형제의 머리를 비교하면 모두 죽인다."

그래서 유대인 부모들은

'남보다 뛰어나려 하지 말고 남과 다르게 되라'고 가르친다.

그들의 관심사는 아이의 지능이 아닌 개성이다.

사람에게는 누구나 타고난 재능이 있다.

아이의 개성과 재능을 발견하고

그것이 잘 성장하도록 돕는 것이 진정한 부모의 역할이다.

부모님의 욕심은 한 길을 가리킵니다.

그 길에는 같은 욕심으로 내몰린 다른 아이들로 가득합니다.

내몰린 아이들이 무의미한 경쟁을 하고, 많은 아이가 도태됩니다.

1등은 한 명일 수밖에 없으니까요.

그런데

스스로가 선택한 길을 나선 아이는 그 길이 자기 것이 됩니다.

아이에게는 스스로 선택한 것에 대한

만족감과 성취욕까지 생기게 됩니다.

부모님의 생각을 조금만 바꾸면, 아이의 인생이 달라집니다.

내 삶에 적용해보기

4 주위를 둘러보다

삶의 예기치 않은 작은 울림

언제나 초심자와 같은 마음가짐으로

매 순간을 새롭고 신선하게 인식할 때

우리는 비로소 행복한 경지를 맛본다.

그처럼 피어오르는 존재의 큰 기쁨은 초심으로부터 온다.

편견 없는 마음으로부터 온다.

조셉 골드스타인

할머니의 철학

오늘도 어김없이 빈 상자며 빈 병을 현관 앞에 내놓자마자

그 할머니가 다녀가십니다.

이 동네에 이사 와서 바로 오시기 시작했으니까

벌써 수년째 마주치는 할머니입니다.

처리하기 곤란한 재활용품을 치워주니

고맙다는 생각도 들지만

남루한 옷차림의 할머니에게서 지저분함이 묻어올 것 같아

아이들에게 접근조차 하지 말라고 일렀습니다.

수년째 마주치면서 인사 한 번 하지 않았습니다.

빈 병, 빈 상자로 생계를 이어가는 할머니가

혹시나 다른 것을 요구할까 봐 하는 걱정이 앞서서였습니다.

그러던 어느 날이었습니다.
초인종 소리가 나서 문을 열어보니 그 할머니였습니다.

"무슨 일이세요?"
저는 앞뒤 상황을 알지도 못한 채
불편한 기색부터 드러냈습니다.
"이거…"
할머니는 만 원짜리 지폐 한 장을 내밀었습니다.

물끄러미 쳐다보는 나에게 할머니는 말했습니다.
"아까 가져간 상자 안에 이게 들어있더라고,
이 집 거 같아서…"

정신없이 청소하다 흘린 만원이
빈 상자 안으로 들어갔나 봅니다.
나는 고맙기도 하고 측은한 마음도 들어
할머니께 말했습니다.

"할머니 괜찮으니 그냥 쓰세요."

그러자 할머닌 먼지로 뒤덮인 손을 흔들며
"아냐 난 공짜는 싫어, 그냥 빈 상자만 팔면 충분해." 하시며
만원을 내 손에 쥐어주며 손수레를 끌고 떠나셨습니다.

순간, 머릿속이 하얘졌습니다.
누구보다 깨끗한 마음으로 성실하게 일하시는 할머니에게
그간 마음으로 쏟아부었던 온갖 생각이
너무나 부끄러웠습니다.

보이는 것만 봅니다.

그리고 판단합니다.

들리는 이야기만 듣습니다.

그리고 믿습니다.

그러나 보이지 않는 것을 봐야 하고,

미처 듣지 못한 이야기까지 들어본 후에 판단하고 믿어야 합니다.

적어도 사람을 판단함에서는 그래야 합니다.

내 삶에 적용해보기

day
34

마음을 읽는
해결방법

고객이 회사로 찾아와서 직원에게 거칠게 항의를 하고 있다.

"과자 봉지 안에 이물질이 들어 있었소.

그것도 모르고 몇 개나 먹었는데 어떻게 할 거요?"

고객의 이야기를 들은 담당자는

"죄송합니다. 혹시 어떤 배상을 원하십니까?"

그러나 고객은 기분이 전혀 나아지지 않았다.

동료직원들까지 나서서 사과하며 이런저런 이야기를 했지만

아무 소용이 없었다.

잘못으로부터 뭔가를 배워라.

가장 중요한 것은 문제를 해결하는 것이다.

빌 게이츠

그때, 소란을 지켜보던 사장이 고객 가까이 다가갔다.

그러고는 걱정스러운 말투로

"몸은 괜찮으십니까?"

그 말에 고객의 얼굴에 화색이 돌기 시작했다.

"난 그 한마디가 듣고 싶었습니다.

직원들은 제 몸이 괜찮은지보다

변명과 배상 문제만 이야기하더군요.

이제 기분이 풀렸습니다."

층간 소음, 주차 문제, 회사와 고객 간의 문제, 접촉사고 등
세상을 살다 보면 크고 작은 분쟁이 일어납니다.
'목소리 큰 사람이 이긴다.'라는 이야기가 나올 정도로
사람들은 분쟁에 있어 자신의 목소리를 내기 바쁩니다.
상대방의 처지에서 생각해 보는 사람은 많지 않습니다.

문제를 제기한 사람 중에는 다른 보상을 바라는 사람도 있지만,
진심 어린 사과와 걱정스러운 이야기를 듣고 싶은 사람이
더 많습니다.

"어휴 저희 아이들을 조심시킨다고는 하는데, 그게 잘 안 되네요.
많이 시끄럽죠. 저라도 스트레스를 받을 것 같네요.
제가 조금 더 주의를 시킬게요. 죄송합니다."
"공간도 협소한데 제 차가 너무 공간을 많이 차지하네요.
내일부턴 조금 더 신경 써서 주차하겠습니다."

분쟁을 이렇게 시작한다면,
다툼보다 타협과 화해가 많아질 것입니다.

내 삶에 적용해보기

. . . .

. . . .

. . . .

. . . .

. . . .

. . . .

. . . .

. . . .

. . . .

. . . .

. . . .

착한 일은 작다 해서 아니 하지 말고,

악한 일은 작다 해도 하지 말라.

명심보감

고맙다 예쁜 학생

방과 후 오늘도 달린다.

학교가 끝나고 학교 앞 버스 정류장을 향해

숨이 멎을 정도로 달린다.

밤 늦게까지 공부하느라 받았던 스트레스를 그렇게

버스 정류장을 향해 내달리는 것으로 날려버린다.

오늘도 그런 마음으로 전력질주하여

버스 정류장에 다다랐을 때,

얼굴에 안경이 끼어 있지 않다는 것을 알게 되었다.

학교는 이미 멀어져 있었고,

평소에도 안경이 없으면 버스 노선 번호가
가까이 있어야지만 알아 볼 수 있을 정도로
시력이 좋지 않았다.

버스 정류소에 초등학생으로 보이는 안경 쓴
여학생이 있어 조심스럽게 부탁했다.

"저기 미안한데, 오빠가 눈이 별로 좋지 않아서 그러는데,
30번 버스가 오는지 봐줄 수 있겠니? 오면 말해줘라."

잠시 내 눈치를 살피며 생각하던 여학생은 "예"라고 대답했고,
나는 고맙다는 말과 함께 몇 번 버스를 타는지도 물었다.

여학생은 "180번이요!" 하고 깜찍하게 대답하였다.

5분 정도 지나자 내 눈 앞에서 여러 대의 버스가 지나갔다.
그중에 한 대는 180번 버스였다.

여학생은 자신이 타야 할 버스인데도 버스를 타지 않았다.

그리고 10여 분이 지나서야 나에게

"저기 30번 버스 오는데요"라고 말해주는 것이었다.

"고맙다 예쁜 학생"

짧은 인사와 함께 30번 버스에 올라타

맨 뒤로 가 황급히 뒤를 돌아보니

그 여학생이 연이어 온 버스에 탑승하는 것이 보였다.

아마도 180번 버스였을 것이다.

정말 눈물 나게 고마웠다.

비록 처음 만난 학생이지만,

그 마음에 내 삶의 자세도 조금 바뀐 것 같다.

세상은 여전히 살 만한 것 같다.

누군가가 나에게 도움을 요청해 온다면 어떻게 할까요?

자신의 시간을 조금 포기해야 할지도 모르고

자신의 작은 노력이 들어가야 하고,

크고 작은 희생이 따라야 한다면

당신은 도와줄 수 있나요?

아니면, 미안하지만, 양해를 구하고 그 자리를 피할 건가요?

그 어떤 선택도 잘못은 아닙니다.

그러나 한 가지 명심해야 할 점은,

내가 도움을 주는 사람이 아닌

받는 사람이 될 수도 있다는 것입니다.

내 삶에 적용해보기

믿음은 산산조각난 세상을

빛으로 나오게 하는 힘이다.

헬렌 켈러

밀린 월세

오늘도 주인집 불이 꺼지는 것을 보고 나서야
집으로 들어갑니다.

월세를 못 낸 지 벌써 두 달째.
4년간 이 집에 살면서
단 한 번도 월세를 밀려본 적이 없었는데,
실직은 저를 이렇게도 비참하게 만들었습니다.

두 달 전 일하던 동물병원 원장님이 어느날 저를 불렀습니다.
"미안한데 말이야. 여기서 일하기엔 나이가 좀…"

서비스 업종에 일하려면 친절함이 우선이지

나이가 중요하다고 생각해 본 적은 없었습니다.
그런데 제 생각이 틀렸나봅니다.

어떤 직장에선 다른 어떤 것보다
젊고 예쁜 여성이 채용의 기준인가 봅니다.

그 동안 월급도 많지 않았고,
한 달 벌어 한 달을 겨우 살았기 때문에
실직 후 월세는커녕 당장 끼니를 해결하기도 힘들었습니다.
저에겐 눈물을 흘리는 것도 사치였습니다.

서울에서 직장 생활 잘하고 있는 걸로 알고 계신
부모님께 손을 벌려 실망시켜 드리기도 싫었습니다.
그래서 두 달째 집주인을 피해
도둑고양이처럼 살고 있었습니다.

며칠 전 겨우 아르바이트를 구했지만,
월급을 받으려면 한 달이나 남았으니
이 짓을 한 달은 더해야 하는데

어떤 집주인이 가만히 있을까 싶었습니다.

똑똑똑!

누군가 방문을 두드리는 소리가 났습니다.

없는 척하기엔 이미 늦었고, 전 조심스레 문을 열었습니다.

역시나 집주인 어르신이었습니다.

"불이 켜져 있길래 왔어요."

잔뜩 긴장해서 어르신 앞에 서 있는데

손에 들린 김치를 내미셨습니다.

"반찬이 남았길래 가져왔어요."

제가 오해할까 봐 오히려 조심스러워하는
어르신의 모습이 눈에 들어왔습니다.
그제서야 그 동안의 사정을 말씀 드리고
고개 숙여 진심 어린 사과를 했습니다.

"그런 것 같았어
요즘 집에 계속 있길래 뭔 일이 생겼구나 했거든.
걱정 말아요. 지금까지 살면서 월세 한 번 안 밀렸는데
내가 그렇게 박한 사람은 아니우."

환한 미소를 지으며 돌아가시는 그 모습이
어찌나 크게 느껴지던지…

그런 어르신 덕분일까요?
전 직장보다 좋은 조건의 직장을 구해서
지금 열심히 일하며 살고 있습니다.
월세도 꼬박꼬박 내고 있고요.
어르신의 그 따뜻한 마음 평생 잊지 못할 것입니다.

요즘 같은 세상에 가족도 아닌 타인을 믿는다는 건,

정말 힘든 일이 되어버렸습니다.

내가 먼저 믿어주지 못한다면,

상대방도 나를 믿어주지 못할 것입니다.

악순환이 되겠지요.

작은 믿음부터 실천해 보세요.

언젠가 큰 믿음이 되어

당신의 인생에 행운으로 돌아올지도 모릅니다.

내 삶에 적용해보기

행복에 이르는 길은 욕심을 채울 때가 아니라 비울 때 열린다.

에피쿠로스

왜 싸게 파냐고요?

허름한 식당이 있다.

식당 안으로 들어가면 반기는 종업원은 없고,

메뉴판 아래 큼지막하게 '사정상 셀프'라는 안내문구가 있다.

손님이 물부터 음식까지 모두 가져다 먹어야 하는

참 불편한 식당인 것이다.

그런데 이상하다.

손님이 많다.

직접 가져다 먹으라는 이 불편한 식당에

심지어는 줄까지 서 있다.

메뉴판을 찬찬히 살펴봤다.

짜장면 한 그릇 '1500원'

눈을 의심한다.

아이들 과자 한 봉 사기 어려운 금액이다.

짜장면 한 그릇 가격이 1500원이라니…

재료가 부실하겠지.

그냥 싼 맛에 사람들이 많은 거겠지…

그런데 아니다.

맛있다.

짜장면에 들어가는 재료가 심지어는 싱싱하기까지 하다.

눈을 의심하고, 입맛까지 의심하게 하는 이 식당.

바로, 인천에 위치한 '복생원'이다.

김영호, 이미숙 부부가 함께 운영하는 복생원은
값싼 짜장면과 맛으로 이미 입소문이 난 식당이었던 것이다.

2002년 배달 중 오토바이 사고로 크게 다쳐
배달을 할 수 없게 되자 과감히 가격을 낮췄다.
중국집은 배달이 생명인데, 나름의 자구책이었던 것이다.

가격만 낮췄다고 해서
사람들이 맛도 없는데 찾아오진 않는다.
부부는 맛있는 짜장면을 만들기 위해 고군분투했고,
마침내 사람들의 입맛을 사로잡는 짜장면과 짬뽕 등을
개발해낸 것이었다.

하루 평균 300그릇.
더 잘 나갈 때는 500그릇 이상도 팔렸다고 했다.
오랫동안 한 장소에서 같은 가격으로 장사를 하다 보니
많은 일이 있었는데, 한번은 이런 일이 있었다고 한다.

"소문을 타고 사람들이 줄지어 찾아오던 어느 날.

단골 손님이 찾아와 짜장면을 포장해 달라고 하시는 거예요.

종업원 없이 운영하다 보니 손이 한참 모자라

포장은 안 하거든요.

그런데 임종을 앞둔 아버님이

마지막으로 저희 집 짜장면을 먹고 싶다고 하셨다는 겁니다.

며칠 뒤 그 손님은 다시 찾아와 아버님이

너무 맛있게 드시고 돌아가셨다며

감사하다고 몇 번을 인사하시는데…

장사한 보람이 느껴졌습니다."

김영호 사장님은

짜장면을 왜 이렇게 저렴하게 파느냐는 질문에…

"왜 싸게 파냐고요?

욕심을 버리니 몸은 좀 고달프지만 마음은 너무 편해집니다."

욕심을 버리는 순간.

물질로 채워지는 인생이 아닌

행복으로 마음이 채워지는 인생이 될 것입니다.

그러나 욕심을 버린다는 것.

세상에서 가장 힘든 일 중 하나일 것입니다.

욕심을 버린다고 해서 모든 걸 내어 주는 것도 아닌데,

왜 그렇게 버리지 못하는 것일까요?

매일 아침 스스로와 타협해 보세요.

'오늘 아주 조금만 내려놔 보는 거야'

그럼 조금씩이라도 마음에 행복이 채워지지 않을까요?

내 삶에 적용해보기

두부 장사 할아버지의 눈물

오래 전 저희 동네에는 하루도 쉬지 않고
두부를 팔러 오는 팔순의 할아버지가 있었습니다.
이 할아버지는 이른 아침 시간에
늘 자전거를 타고 호루라기를 불며
신선한 두부를 팔러왔다는 소식을 알렸습니다.

그날도 어김없이 호루라기를 불던 할아버지는
그만 자전거에서 중심을 잃고 쓰러졌습니다.
그 바람에 자전거에 실려 있던 두부들도 땅에 떨어져
일부는 흙투성이에 깨지고 말았습니다.

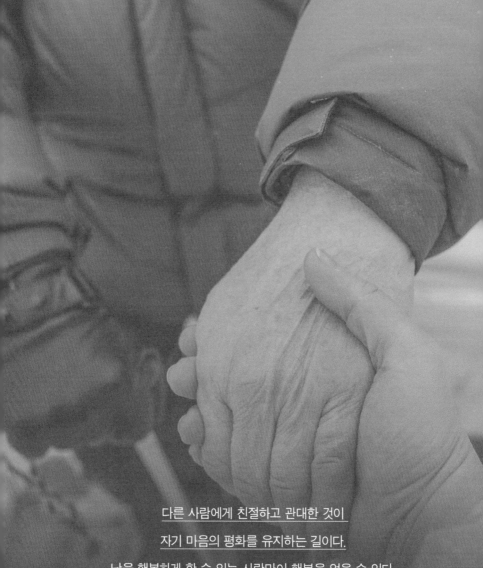

다른 사람에게 친절하고 관대한 것이

자기 마음의 평화를 유지하는 길이다.

남을 행복하게 할 수 있는 사람만이 행복을 얻을 수 있다.

플라톤

이때 지나가던 아주머니가
재빨리 할아버지를 일으켜 세웠습니다.

아주머니는 늘 이 할아버지에게 두부를 사던 분이었습니다.
할아버지는 늘 고마운 이 아주머니에게 말했습니다.
"미안한데 오늘은 다른 데서 두부를 사야겠어요."

그러자 아주머니는 활짝 웃으면서 대답했습니다.
"할아버지 괜찮으니 두부 2모만 주세요.
늘 할아버지 것만 먹었는데
흙이 좀 묻었다고 다른 두부를 먹을 순 없잖아요.
할아버지 두부가 최고거든요."

할아버지는 그러지 않아도 된다고 몇 번이나 손을 내저었지만
아주머니의 막무가내로 결국 두부를 팔았습니다.
이 광경을 본 다른 사람들도 두부를 사려고
한바탕 소동이 벌어졌습니다.
할아버지의 눈에는 어느새 눈물이 가득 고였습니다.

친절은 절망에 빠진 사람을 일어나게 하며

다시 꿈꾸게 하는 힘이 있습니다.

주는 사람은 그리 힘들이지 않고 친절을 베풀 수 있지만

받는 사람에게는 매우 소중하기 때문입니다.

오늘 당신이 베푼 친절은 세상을 아름답게 합니다.

내 삶에 적용해보기

남편의 선물

저는 암 병동에서 근무하는 간호사입니다.

야간 근무를 하는 어느 날 새벽 5시,

갑자기 병실에서 호출 벨이 울렸습니다.

"무엇을 도와 드릴까요?"

"……"

호출 벨 너머로 아무 소리도 들리지 않자

초조해지기 시작했습니다.

환자에게 말 못할 급한 일이 생겼나 싶어

부리나케 병실로 달려갔습니다.

병동에서 가장 오래된 입원 환자였습니다.

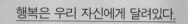

행복은 우리 자신에게 달려있다.

아리스토텔레스

"무슨 일 있으세요?"

"간호사님, 미안한데 이것 좀 깎아 주세요."라며

사과 한 개를 쓱 내미는 것입니다.

헐레벌떡 달려왔는데 겨우 사과를 깎아달라니…

큰일이 아니라 다행이라고 생각했지만,

맥이 풀리는 순간이었습니다.

그의 옆에선 그를 간호하던 아내가 곤히 잠들어 있었습니다.

"이런 건 보호자에게 부탁해도 되는 거잖아요?"

"미안한데 이번만 부탁하니 깎아 줘요."

한마디를 더 하고 싶었지만,

다른 환자들이 깰까 봐 사과를 깎았습니다.

그 모습을 지켜보더니

심지어 먹기 좋게 잘라달라고까지 하는 것입니다.

할 일도 많은데 이런 것까지 요구하는 환자가 못마땅해서

저는 귀찮은 표정으로 사과를 대충 잘라 놓고

침대에 놓아두고 발길을 돌렸습니다.

성의 없게 깎은 사과의 모양이 마음에 들지 않는지

환자는 아쉬운 표정이 역력했습니다.

그래도 전 아랑곳하지 않고 발걸음을 재촉했습니다.

그리고 얼마 후, 그 환자는 세상을 떠났습니다.

며칠 뒤 그의 아내가 수척해진 모습으로 저를 찾아 왔습니다.

"간호사님… 사실 그 날 새벽 사과를 깎아 주셨을 때

저도 깨어 있었습니다.

그 날이 저희 부부 결혼기념일이었는데,

아침에 남편이 선물이라며 깎은 사과를 저에게 주더군요.

제가 사과를 참 좋아하거든요.

그런데 남편은 손에 힘이 없어 사과를 깎지 못해

간호사님께 부탁했던 거랍니다.

저를 깜짝 놀라게 하려던 남편의 마음을 지켜주고 싶어서

죄송한 마음이 너무나 컸지만, 모른 척하고 누워 있었어요.

혹시 거절하면 어쩌나 얼마나 가슴을 졸였는지…

그 날 사과를 깎아주셔서 정말 감사해요."

저는 눈물이 왈칵 쏟아져 차마 고개를 들 수가 없었습니다.

그 새벽 가슴 아픈 사랑 앞에

얼마나 무심하고 어리석었던가…

한 평 남짓한 공간이 세상 전부였던 그들의 고된 삶을

왜 들여다보지 못했던가…

한없이 인색했던 저 자신이

너무나 실망스럽고 부끄러웠습니다.

그런데 그녀가 제 손을 따뜻하게 잡아 주었습니다.

그리고 말해주었습니다.

"고마워요.

남편이 마지막 선물을 하고 떠날 수 있게 해줘서…"

어느 날 갑자기, 누군가 사소한 도움이라도 요청한다면

기꺼이 도와주시는 분들도 계실 것이고,

너무 사소하여 지나쳐 버리는 분들도 계실 것입니다.

그러나 한 가지, 누군가에게 사소한 일이 또 누군가에겐

가장 절박한 일일 수 있다는 것만 기억해 주세요!

내 삶에 적용해보기

어떻게 하면 직장생활을
잘할 수 있을까요?

경제 상황이 좋지 않아

온 국민이 힘들어하던 그 시절.

하늘이 도왔는지 귀금속 점에서 일할 수 있게 되었습니다.

첫 직장이기도 했고요.

금은방에서 바라본 사람들의 얼굴은

누구 한 명 밝은 사람 없이 절망만 가득 차 있었습니다.

물론 금은방도 어렵긴 마찬가지였습니다.

얼마를 받든 직업이 있다는 것 자체가 감사할 뿐이었습니다.

그 시절엔 실업자들이 넘쳐났거든요.

때때로 우리가 작고 미미한 방식으로 베푼 관대함이

누군가의 인생을 영원히 바꿔 놓을 수 있다.

마가릿 조

그렇게 감사한 나날을 보내던 어느 날,

서른 살 내외로 보이는 남자가

깔끔한 정장차림을 하고 들어왔습니다.

정장차림을 하고 있긴 했지만,

왠지 직장인으로 보이진 않았고,

표정도 어딘가 모르게 불안해 보였습니다.

그 순간 전화벨이 울렸습니다.

사장님께 걸려온 전화였는데,

끊다가 실수로 그만

카운터 앞에 있던 보석상자를 건드려

바닥에 떨어뜨리고 말았습니다.

재빨리 상자를 원위치시키고

보석을 살펴보니 귀걸이가 하나가 없었습니다.

직감적으로 그 남자를 쳐다봤는데

잰걸음으로 상점을 빠져나가는 중이더군요.

보진 못했지만, 귀걸이의 행방은 정확히 알 수 있었습니다.

"손님. 잠깐만요"

거의 반사적으로 그 분을 불러 나가는 건 막았습니다.

그런데 그 후가 문제였습니다.

심장이 요동을 치면서

뭐부터 해야 할지 머릿속이 하얘졌습니다.

일단 웃었습니다.

그때 말도 안 되는 이야기가

제 입에서 흘러나오고 있었습니다.

"수없이 면접을 봤는데 여기만 붙었어요.

여기가 첫 직장이에요.

만약 잘린다면 생활이 막막해질 거예요.

선생님은 직장 경험이 좀 있어 보이시는데

어떻게 하면 안 잘리는지 조언을 좀 부탁드려도 될까요."

남자는 황당한 표정으로 저를 한참을 바라보더니

갑자기 미소를 지었어요.

그리고 하는 말이

"저도 직장에서 정리해고 당한 지 며칠 되지 않았어요.

그래서 마음이 심란하고 절망감에 싸여 있었지요.

그런데 다 아시면서 신고는커녕

제 자존심을 지켜주시는 모습에 정말 감동했습니다.

당신 같은 분이라면 평생 잘리는 일 없이

직장생활을 잘 해낼 수 있을 거에요."

그리고 안주머니에서 무엇인가를 꺼내

제 손에 쥐어주고는 나가는 것이었습니다.

손을 펼쳐보니 다름 아닌 제가 찾던 그 귀걸이였습니다.

받는 것보다 하는 것이 훨씬 어려운 일

누구도 강요해선 안 되고, 당연히 여겨서도 안 되는 일

바로 '용서'입니다.

내 삶에 적용해보기

고마움의 의미

영국의 여왕이 나라에 큰 공을 세운 이들에게
영예의 십자훈장을 수여할 때의 일이라고 합니다.

상을 받기 위해 모인 사람 중에는
전쟁 중에 큰 부상을 당해 팔과 다리를 모두 잃고
다른 사람들에게 들려서 나온 병사가 있었습니다.

훈장을 달아주던 여왕이 병사 앞에 섰습니다.
그 병사를 보는 순간 여왕은 눈물을 참을 수가 없었습니다.
나라를 위해 모든 것을 바친 병사의 모습이
큰 감동으로 와 닿았기 때문이었습니다.

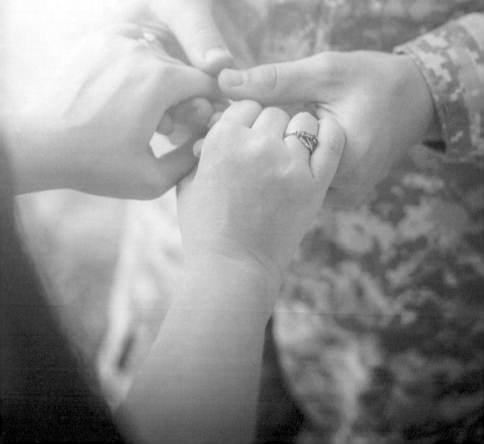

혼자 생활을 하거나

다른 사람들과 관계를 맺으며 생활을 하거나

단 한 가지 지켜야 할 원칙이 있습니다.

곧 인생을 가치있게 살고자 원한다면

기꺼이 자신을 희생할 준비가 되어 있어야 한다는 것입니다.

톨스토이

여왕은 훈장을 다는 것을 멈춘 채
뒤로 돌아서서 한참이나 눈물을 닦았습니다.
얼마 후 여왕을 통해 훈장을 목에 건 병사는
자신을 위해 눈물을 흘린 여왕을 위로하며
이렇게 말했습니다.

"조국과 여왕폐하를 위해서라면
다시 한 번 제 몸을 바쳐서 싸우겠습니다."

병사를 감동시킨 것은 훈장이 아니라
여왕의 눈물이었던 것이었습니다.
훈장의 의미도 소중했겠지만 자신의 희생을
고귀하게 받아주는 여왕의 눈물이
병사로 하여금 자신의 희생이 결코
헛되지 않았음을 깨닫게 해 준 것이었지요.

잘 자고 잘 먹고 열심히 일도 하며

하루를 시작하고 마무리합니다.

우리는 잘 알지 못합니다.

우리가 어떻게 평온한 일상을 살아가는지…

철책에서 우리를 지켜주는 국군장병님들,

화재의 현장으로부터 우리를 구해주는 소방관님들,

범죄가 일어나지 않도록 수호해주는 경찰관님들,

그 밖에도 많은 분이 우리가 사는

평범한 하루를 지켜주기 위해

일선에서 최선을 다하시는 분이 많이 있습니다.

나의 하루는 내가 잘 보내서 생긴 하루가 아니라

누군가의 노력으로 보내는 하루라는 것을 잊지 말고,

그분들을 위해 응원하고 감사의 말을 잊지 않고 전해주세요.

가장 값진 힘이 될 것입니다.

내 삶에 적용해보기

당신이 가진 것을 주는 것은
작은 일에 불과하다.
당신 자신을 내어주는 것이
진정한 베풂이다.

칼릴 지브란

누룽지 할머니

한 고등학교 남학생이 있었습니다.

학교가 집과 멀었던 남학생은 학교 인근에서 자취했습니다.

자취하다 보니 라면으로 저녁끼니를 때울 때가 많았습니다.

가끔은 학교 앞에 있는 할머니가 혼자 운영하는 식당에서

밥을 사 먹기도 했습니다.

식당에 가면 항상 가마솥에서는 누룽지가

부글부글 끓고 있었습니다.

할머니는 남학생이 올 때마다 이렇게 말씀하시곤 했습니다.

"오늘도 밥을 태워 누룽지가 많네.

밥 먹고 누룽지도 실컷 퍼다 먹거래이.

이놈의 밥은 왜 이리도 잘 타누."

257

남학생은 돈을 아끼기 위해 친구와 밥 한 공기를 시켜놓고,

항상 누룽지 두 그릇 이상을 거뜬히 비웠습니다.

그런데 하루는 할머니가 연세가 많아서인지,

거스름돈을 더 많이 주셨습니다.

남학생은 속으로 생각했습니다.

'돈도 없는데 잘 됐다.

이번 한 번만 그냥 눈감고 넘어가는 거야.

할머니는 나보다 돈이 많으니까…'

그렇게 한 번 두 번을 미루고, 할머니의 서툰 셈이 계속되자

남학생은 당연한 것처럼

주머니에 잔돈을 받아 넣게 되었습니다.

그러기를 몇 달, 어느 날 식당의 문은 잠겨져 있었고

일주일이 지나도록 할머니 모습을 볼 수 없었습니다.

그러던 중 학교 조회 시간에 선생님이 말씀하셨습니다.

"모두 눈 감아라. 학교 앞 할머니 식당에서 식사하고,

거스름돈 잘못 받은 사람 손들어라."

순간 남학생은 뜨끔했습니다.

그와 친구는 서로를 바라보다 부스럭거리며 손을 들었습니다.

"많기도 많다. 반이 훨씬 넘네."

그리고 선생님이 말씀하셨습니다.

"할머니가 얼마 전에 건강상의 문제로 돌아가셨다.

그리고 당신이 평생 모은 재산을 학교 학생들을 위해

장학금에 사용하면 좋겠다고…"

잠시 목소리가 떨리시던 선생님은 다시 말씀하셨습니다.

"그리고 장례식장에서 만난 지인분한테 들은 얘긴데,

자취하거나 형편이 어려워 보이는

학생들에게는 거스름돈을 일부러 더 주셨다더라.

그리고 새벽부터 일어나 그날 끓일 누룽지를 만들려고

일부러 밥을 태우셨다는구나."

남학생은 그날 학교를 마치고 나오는데,

유난히 할머니 식당이 더욱 크게 다가왔습니다.

그리고 굳게 닫힌 식당 앞에서 죄송하다며

엉엉 울고 말았습니다.

어린 학생들의 자존심을 지켜주면서

말없이 그들의 허기진 배를 채워준

할머니의 따뜻한 마음은 잔잔한 감동을 전해줍니다.

어쩌면 할머니가 배고픈 학생들에게 내민 건

'누룽지' 한 그릇이 아니라 '희망'을

나누고자 한 것입니다.

내 삶에 적용해보기

어느 집배원의 사랑

한 우편물 집배원이 그가 맡은 달동네에서

우편물을 배달하고 있었습니다.

어느 날 허름한 집 앞에 종이 한 장이 떨어져 있어

오토바이를 세운 다음 그 종이를 살펴보니

수도계량기 검침 용지였습니다.

그런데 자세히 살펴보니 지난달 수도 사용량보다

무려 다섯 배나 많은 숫자가 적혀 있었습니다.

마음씨 착한 집배원은 그냥 지나칠 수가 없어

그 집 초인종을 눌렀습니다.

"할머니. 수도 검침 용지를 보니까 수도관이 새는 것 같아서요."

"아, 그럴 일이 있다오. 지난달부터 식구가 늘었거든"

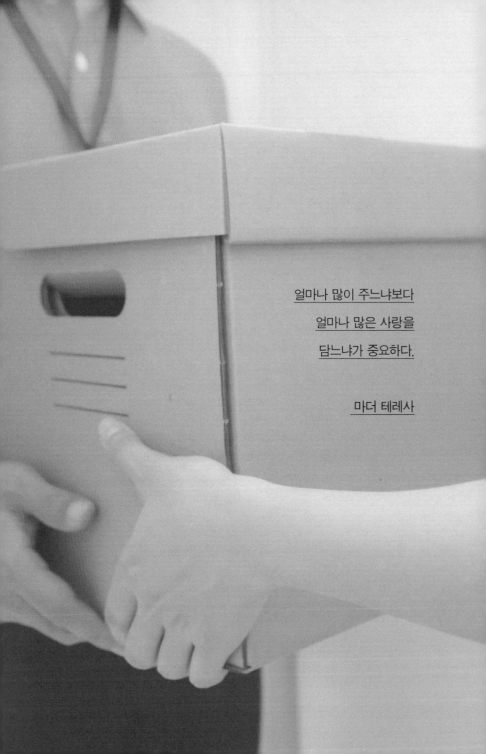

얼마나 많이 주느냐보다
얼마나 많은 사랑을
담느냐가 중요하다.

마더 테레사

이야기를 들어보니 자식들을 출가시킨 후
외롭게 혼자 살던 할머니는
거동이 불편하고 의지할 데 없는 노인들 몇 분을 보살피며
같이 살기로 했다는 것입니다.

할머니는 그분들의 대소변을 받아내고 목욕을 시키고,
빨래도 해야 해서 이번 달 수도 사용량이
유난히 많이 나왔던 것입니다.

다음날부터 집배원은
점심시간마다 할머니의 집을 찾았습니다.
팔을 걷어붙이고 산더미처럼 쌓인 빨래를 거들었습니다.
"좀 쉬었다 하구려, 젊은 사람이 기특하기도 하지."
"예. 할머니 내일 점심시간에 또 올게요."

그로부터 한 달이 지났습니다.
여느 날처럼 점심시간을 이용해 그 집에 도착한 집배원은
깜짝 놀랐습니다.
대문 앞에 오토바이가 석 대나 서 있었기 때문이었습니다.

안으로 들어가자 낯익은 동료들이 그를 반겼습니다.

"어서 오게.

자네가 점심시간마다 사라진다는 소문이 나서 뒤를 밟았지.

이렇게 좋은 일을 몰래 하다니…

이제 같이하세.

퇴근길엔 여직원들도 올 걸세."

∞∞∞

사랑은

주위 사람들을 따뜻하게 만드는 강한 전염성을 가지고 있습니다.

달동네 할머니의 사랑은 한 명의 집배원에게 전달되었습니다.

그리고 다른 많은 동료까지도 달라지게 만들었습니다.

세상에서 가장 행복하고 기분 좋은 바이러스는

'사랑 바이러스'입니다.

∞∞∞

내 삶에 적용해보기

누군가를 신뢰하면

그들도 너를 진심으로 대할 것이다.

누군가를 훌륭한 사람으로 대하면,

그들도 너에게 훌륭한 모습을 보여줄 것이다.

랄프 왈도 에머슨

아버지를 팝니다

어느 날 신문에 말도 안 되는 광고 하나가 실렸다.

'아버지를 팝니다'라는 제목의 기사였고,

내용인 즉슨 아버지는 지금 노령이고 몸이 편치 않아서

일금 십만 원만 주면 아버지를 팔겠다고 적혀있었다.

광고를 본 사람들은

'세상 말세다' 하며 혀를 차는 사람도 있었고,

다 늙고 몸도 성치 않은 할아버지를 누가 모시겠냐며

수군거리는 사람들도 있었다.

그런데 광고를 본 한 부부가

새벽같이 광고에 적힌 주소지로 찾아갔다.

대문 앞에서 옷매무시를 가다듬은 부부는 긴장한 듯
심호흡을 하고 초인종을 누른다.

잠시 후, 대문이 열리고
한 할아버지가 어떻게 왔느냐고 묻는다.
신문광고를 보고 달려왔다는 부부의 대답에
미소를 지으며 집안으로 안내한다.

넓은 정원에 한 눈으로 봐도 그 집은 상당한 부잣집이었다.

안내를 받아 집으로 들어간 부부는
다시 한 번 또박또박 말했다.
"신문 광고를 보고 왔습니다."

할아버지는 다시 한 번 미소를 지으시더니
"내가 잘 아는 할아버지인데,
몸이 좋지 않아요. 그런 양반을 왜 모시겠다고…"

젊은 부부는 모두가 어릴 때

부모님을 여의고 고아로 살다 부부의 연을 맺었는데,

부모 없는 설움이 늘 가슴에 남아 있었다고

차분히 설명을 이어나갔다.

아프거나 집안이 어렵지 않은 가정이라면

아버지를 팔겠다는 광고를 어느 미친 자식이 냈겠느냐며

우리에게도 부모님을 모실 기회가 온 것 같아

이렇게 한달음에 달려왔다고 했다.

부부를 물끄러미 바라보며 이야기를 듣던 할아버지가

돈을 달라고 한다.

부부는 정성스레 가지런히 담은 봉투를 조심스레 내놓았다.

돈 봉투를 받은 할아버지는

그 할아버지도 정리할 것이 있을 테니

일주일 후에 다시 이곳으로 오라고 하였다.

일주일 후, 부부는 다시 그 집을 찾았다.

기다렸다는 듯 첫날 뵌 할아버지가 반갑게 맞이하면서

"어서 오게나, 나의 아들과 며느리야" 하시면서

"응당 너희를 따라가야 맞겠지만, 집도 넓고 하니
이 집으로 식구를 데려오너라."라고 하신다.

깜짝 놀란 부부에게
할아버지는 광고를 낸 이유에 대해서도 설명했다.
할아버지는 누구든 양자로 삼을 수 있었지만,
요즘 젊은이들이 돈만 밝혀서 그럴 수 없었다고 하셨고,
젊은 부부는 그 이야기를 듣자
비로소 이해되었다.

할아버지의 이야기를 들은 젊은 부부는
"아버지가 되어주기로 하셨으면 저희를 따라가셔야지요.
비록 저희가 넉넉하게 살지는 않지만,
그곳에는 사랑이 있답니다."라고 고집했다.

할아버지는 진정 흐뭇한 마음으로
"너희는 정말 착한 사람들이다.
너희가 날 부모로 섬기러 왔으니 진정한 내 자식들이다.
그러니 내가 가진 모든 것은 너희 것이고

너희는 나로 인해 남부럽지 않게 살게 될 것이다.

이 모든 건 너희의 착한 마음이 복을 불러들인 것이다"라고

하시고는 기뻐하셨습니다.

거짓된 마음은 당장에는 득을 보는 것 같고,

진실한 마음은 손해를 보는 것 같지만

그 끝에 만나게 될 결과는 정 반대가 될 것입니다.

정직한 마음으로 세상을 대한다면,

결국엔 그 마음이 복을 불러주는 것이 세상의 이치이기 때문입니다.

내 삶에 적용해보기

선행이란 다른 사람들에게 무언가 베푸는 것이 아니라,

자신의 의무를 다하는 것이다.

칸트

아름다운 인연

2015년 봄,

서울 경찰청 게시판에 한 통의 사연이 올라왔습니다.

언제나 사건 사고 전화로 바쁜 강남경찰서

이날도 어김없이 많은 전화벨이

바쁜 일상을 대변하고 있었습니다.

그때 울리는 또 한 통의 전화.

"저기요… 강남 경찰서죠?"

"네 그렇습니다. 무엇을 도와드릴까요."

"……"

"무슨 일이시죠? 말씀하세요."

망설이는 듯 한동안 말이 없었습니다.

장난 전화인가 하고 넘어갈 수도 있었지만,

다시 한 번 물었습니다.

한참 만에야 그녀의 떨리는 음성이

수화기를 타고 넘어왔습니다.

"저… 저희 오빠가 백혈병이라

골수이식을 받아야 하는데, 급히 수혈이 필요해서요."

"네? 수혈이요?"

"… 네…."

그녀의 오빠는 6개월 전

급성 골수성백혈병 진단을 받았습니다.

아이를 둘이나 둔 한 가정의 든든한 가장이었습니다.

3차 항암치료 중 상태가 나빠져

반드시 백혈구 수혈을 받아야만 하는 상황.

촉박한 시간에 가까운 친척, 지인들께 부탁해봤지만,

저마다의 사정으로 점점 희망이 사라져 가던 찰나,

그녀의 머리를 스쳐 가는 번호 하나가 있었습니다.

한참을 고민하던 그녀는 전화기를 들어

번호 하나하나 힘주어 눌렀습니다.

지푸라기라도 잡는 심정으로…

정말 죄송한 마음으로….

그렇게 시작된 그들의 인연…

그녀의 짧지만, 절박한 사연을 들은

방범순찰대 소속 대원들은

앞뒤 재지 않고 병원으로 달려갔습니다.

검사결과 백혈구 공유 판정을 받은 사람은 세 사람!

꺼져가던 희망의 불씨가 다시 생명을 얻는 순간이었습니다.

관공서는 아무리 많은 전화가 걸려온다 해도

어느 한 통도 가벼이 넘기는 법이 없습니다.

그런 그들의 노고로

국민의 안전을 책임지고 또 한 생명을 살렸습니다.

여러분이 계시기에 정말 든든합니다.

내 삶에 적용해보기

신입사원과 과장님

사회 초년생이었을 때 이야기입니다.

입사한 지 얼마 되지 않아

과장님 때문에 퇴사를 생각했던 적이 있었습니다.

이 과장님은 모든 프로젝트와 일을

칼같이 해결하는 분이었는데,

부하직원들도 자기처럼 할 수 있어야 한다는

신념이 있었기 때문에

신입사원이었던 저는 늘 애를 먹곤 했습니다.

그런데 잦은 야근에 피곤했던 제가

큰 실수를 저지르고 말았습니다.

공장에 신제품 표본 제작을 의뢰했는데

때때로 우리가 작고 미미한 방식으로 베푼 관대함이
누군가의 인생을 영원히 바꿔 놓을 수 있다.

마가릿 조

1,000개만 받으면 되는 것을
10,000개로 주문을 하고 말았습니다.

실수를 알았을 때는
이미 3,000개의 제품이 제작된 후였습니다.
이 제품의 출고가는 8만 원, 2,000개면 1억6천만 원.
이 큰 문제를 해결할 방법이 없다고 생각했던 저는
무서운 생각에 도망치듯 회사를 무단 퇴사해버렸습니다.
그때는 정말 왜 그랬는지….

그런데 얼마 지나지 않아 저를 찾아온 사람,
다름 아닌 과장님이었습니다.
과장님은 집 안에 숨어 있던 저를 직접 끌고 나오시더니
한마디 질타 없이 저와 함께 새로운 판매처를 확보하기 위해
찜질방과 여관을 전전하며 전국을 돌아다녀 주셨습니다.

그리고 사흘 뒤, 우리는 2,000개의 신제품을 팔게 되었습니다.
다시 회사로 복귀한 저에게 사장님은
과장님의 사표를 돌려주시더군요.

과장님은 자신이 이 일을 해결하지 못하면 책임지겠다며
사장님에게 사표를 맡기고 저와 함께 나선 것이었습니다.

눈물을 쏟으며 연신 감사하다고 고개를 숙이는 저에게
과장님은 담담하게 말씀하셨습니다.

"해결할 수 있다고 판단했으니까 사표까지 낸 거다.
특별히 널 위해서 그런 것은 아니야.
정 고맙거든 나중에 네 후임이 실수했을 때
너도 사표 던질 각오로 그 일 해결하면 돼."

사람은 사람을 통해서 성장하고
예상치 못했던 시련도 사람을 통해서 견뎌낼 수 있습니다.
나에게 주어진 일이 벅찰 때 무조건 피하는 것보다
도움을 주면서, 도움을 받으면서
함께 해결해나가는 것도 좋은 방법이겠죠.

내 삶에 적용해보기

매사에 인정을 베풀면

훗날 기쁨으로 다시 만난다.

명심보감

그 시절, 그때가 그립습니다

하루 벌어 하루 살기도 힘들었던 1970년 후반 무렵.

남편과 저는 젖먹이인 아들과 함께

단칸방에서 살고 있었습니다.

건강이 좋지 않았던 저는

아이에게 제대로 젖을 물리지도 못했습니다.

분유를 먹여야 했지만 보리 섞인 정부미도 봉투로

조금씩 사다가 먹는 처지여서

분유도 넉넉히 살 수가 없었습니다.

그러던 어느 날,

남편은 일하러 나가고 혼자 집에 있을 때였습니다.

저희 집 부엌에서 부스럭대는 소리가 나더군요.

설마 이런 집에 도둑이 들까 했지만,

덜컥 겁이 나 부엌을 살폈습니다.

옆집에 사는 쌍둥이 엄마였습니다.

그런데 찬장을 뒤지더니

슬그머니 분유통을 꺼내는 것이 아니겠습니까?

당시 쌍둥이 엄마도 저와 마찬가지로 젖먹이를 기르고 있어

분유 때문에 쩔쩔매던 중이었습니다.

저는 순간 눈이 뒤집혀,

당장 뛰쳐나가 머리채라도 휘어잡으려고 하는데

쌍둥이 엄마는 자기가 들고 온 분유통을 조심스레 꺼내더니

우리 분유통에 분유를 덜어주고 있는 것이었습니다.

나중에 알아보니 쌍둥이 엄마의 친정집에서

분유 한 통을 사줬는데

항상 분유 때문에 죽는 소리하던 제가 기억나더랍니다.

한 통을 다 주자니 자기도 어렵고 해서,

저 모르게 조금만 덜어주고 간 것이랍니다.

세월이 많이 흘러 지금은 아쉬운 거 없이 살고 있지만
모두가 없이 살아도 따뜻하게 살던, 그때가 참 그립습니다.

그저 더 나은 살림살이였으면 하는 마음에
앞만 보고 살다 보니 세상이 팍팍해져 버렸는지도 몰랐습니다.
오늘만이라도 우리 주변에 인심과 정을
한번 베풀어 보는건 어떨까요?

내 삶에 적용해보기

우리가 하는 일은 바다에 붓는 한 방울의 물보다 하찮은 것이다.
하지만 그 한 방울이 없다면 바다는 그만큼 줄어들 것이다.

마더 테레사

따뜻한 국물

한 아주머니가 떡볶이를 사기 위해

분식을 파는 포장마차로 갔습니다.

사십 대 중반쯤으로 보이는 주인아저씨가

장사하고 계셨습니다.

그때 허리가 구부정한 할머니 한 분이 들어오셨습니다.

폐지를 수거하여 힘들게 살아가시는 분이었습니다.

포장마차 옆에 세운 수레는 폐지로 가득했습니다.

"저기 주인 양반 따뜻한 국물 좀 주시오."

주인아저씨는 할머니가 부탁한 따끈한 어묵 국물뿐만 아니라

떡볶이 약간에 순대를 얹은 접시 하나를 내놓았습니다.

할머니는 점심시간이 한참 지났는데도

식사를 아직 못하셨는지 금세 한 접시를 다 비우셨습니다.

할머니가 계산을 치르려고 하자 주인아저씨가 말했습니다.
"할머니, 아까 돈 주셨어요."
"그런가? 아닌 거 같은데…"
옆에서 지켜보던 아주머니도 눈치를 채고
한마디 거들었습니다.
"할머니 저도 아까 돈 내시는 거 봤어요."

할머니는 알쏭달쏭한 얼굴이었지만,
주인아저씨와 옆에 아주머니까지 계산했다고 하니
그런 줄 알았습니다.
할머니는 잘 먹었다는 인사와 함께 자리를 떠나셨습니다.
주인아저씨와 아주머니는 굳이 말을 하지 않았지만
따뜻한 미소를 지었습니다.

배려하는 마음이 없다면 아무리 좋은 관계라도

무너질 수 있습니다.

내가 좀 손해를 보더라도 다른 사람에게 힘을 주고 싶은 마음…

그 작은 배려하는 마음이 세상을 바꿀 수 있습니다.

내 삶에 적용해보기

'임금이 덕이 없고 정치를 잘못하면 하늘이 재앙을 보내 하늘이 경계시킨다'고 하는데, 지금 가뭄이 극심하다. 대소 신료들은 제각기 위로 나의 잘못과 정령의 그릇된 것과, 아래로 백성들의 좋고 나쁨을 거리낌 없이 마음껏 직언하여, 하늘을 두려워하고 백성을 걱정하는 나의 지극한 생각에 부응 되게 하라.

세종대왕

임금이 밝으면 신하는 곧다

조선 숙종 때 당하관 벼슬에 있던 이관명이 암행어사가 되어

영남지방을 시찰한 뒤 돌아왔습니다.

숙종이 여러 고을의 민폐가 없는지 묻자

곧은 성품을 지닌 이관명은

사실대로 대답했습니다.

"황공하오나 한 가지만 아뢰옵나이다.

통영에 소속된 섬 하나가 있는데,

무슨 일인지 대궐의 후궁 한 분의 소유로 되어 있었습니다.

그런데 그 섬 관리의 수탈이 어찌나 심한지 백성들의 궁핍을

차마 눈으로 볼 수가 없을 지경이었습니다."

숙종은 화를 벌컥 내면서 책상을 내리쳤습니다.

"과인이 그 조그만 섬 하나를 후궁에게 준 것이

그렇게도 불찰이란 말인가!"

갑자기 궐내의 분위기가 싸늘해졌습니다.

그러나 이관명은 조금도 굽히지 않고 다시 아뢰었습니다.

"신은 어사로서 어명을 받들고

밖으로 나가 1년 동안 있었습니다.

그런데 전하의 지나친 행동이 이 지경에 이르렀는데

누구 하나 전하의 거친 행동을 막지 않은 모양입니다.

그러니 저를 비롯하여

이제껏 전하에게 직언하지 못한 대신들도

아울러 법으로 다스려주십시오."

숙종은 여러 신하 앞에서 창피를 당하자

화가 치밀어 올랐습니다.

그리고 곧 승지를 불러 전교를 쓰라고 명하였습니다.

신하들은 이관명에게 큰 벌이 내려질 것으로 알고

숨을 죽였습니다.

"전 수의어사 이관명에게 부제학을 제수한다."

숙종의 분부에 승지는 깜짝 놀라면서 교지를 써내려갔습니다.

주위에 함께 있던 신하들도 서로 바라보기만 할 뿐

그 연유를 도무지 짐작할 수가 없었습니다.

그리고 숙종이 다시 명했습니다.

"부제학 이관명에게 홍문제학을 제수한다."

괴이하게 여기는 것은 승지만이 아니었습니다.

신하들은 저마다 웅성거렸습니다.

또다시 숙종은 승지에게 명을 내렸습니다.

"홍문제학 이관명에게 예조참판를 제수한다."

숙종은 이관명을 불러들여 말했습니다.

"경의 간언으로 이제 과인의 잘못을 깨달았소.

앞으로도 그와 같은 신념으로 짐의 잘못을 바로잡아

나라를 태평하게 하시오."

권력 앞에서 그릇된 것을 그릇되다 말하는 용기도 훌륭하지만

충직한 신하를 알아보는 숙종 임금의 안목도 훌륭합니다.

정의를 외칠 수 있는 사회…

현자를 알아보는 사회…

상식이 통하는 사회…

이것이 진정 우리가 꿈꾸는 세상 아닐까요?

내 삶에 적용해보기

여기, 내 작은 선물
위로받고 싶은 당신에게

1판 1쇄 발행 2018년 2월 20일

엮 은 이 따뜻한 하루
꾸 민 이 이사랑
발 행 인 김진수
발 행 처 **한국문화사**
등　　록 1991년 11월 9일 제2-1276호
주　　소 서울특별시 성동구 광나루로 130 서울숲 IT캐슬 1310호
전　　화 02-464-7708
팩　　스 02-499-0846
이 메 일 hkm7708@hanmail.net
홈페이지 www.hankookmunhwasa.co.kr

이 도서의 국립중앙도서관 출판예정도서목록(CIP)은 서지정보유통지원시스템 홈페이지(http://seoji.nl.go.kr)와 국가자료공동목록시스템(http://www.nl.go.kr/kolisnet)에서 이용하실 수 있습니다.
(CIP제어번호 : 2018003559)

ISBN 978-89-6817-598-5　03810

day
50

50번째 편지는
당신의 이야기를 들려주세요.

· ·
· ·
· ·
· ·
· ·
· ·
· ·
· ·
· ·

보내실곳 letter@onday.or.kr